Los mejores cuentos de los Mares del Sur

JACK LONDON

LOS MEJORES CUENTOS DE LOS MARES DEL SUR

*La semilla de McCoy / La casa de Mapuhi /
El diente de ballena / El pagano /
Las terribles Salomón / Mauki /
«¡Yah! ¡Yah! ¡Yah!» / El inevitable hombre blanco*

Traducción y notas de Inés Bértolo
Prólogo de Vicente Campos

Reencuentros
NAVONA

Títulos originales
1. *The Seed of McCoy* (1908)
2. *The House of Mapuhi* (1908)
3. *The Whale Tooth* (1908)
4. *The Heathen* (1908)
5. *The Terrible Solomons* (1908)
6. *Mauki* (1908)
7. *«Yah! Yah! Yah!»* (1908)
8. *The Inevitable White Man* (1908)

Edición española
Primera edición: septiembre de 2008
Publicado por NAVONA
© de esta edición: Terapias Verdes, S. L.
Aragón, 259, 08007 Barcelona
navonaed@terapiasverdes.com
© de la traducción: Inés Bértolo
© del prólogo: Vicente Campos
Diseño de la cubierta: Eduard Serra

Fotocomposición: Víctor Igual, S. L.
Peu de la Creu, 5-9, 08001 Barcelona
Impresión: Romanyà-Valls
Pl. Verdaguer, 1
Capellades, Barcelona

Depósito legal: B-36.936-2008
ISBN: 978-84-96707-78-8

Quedan rigurosamente prohibidas, sin la autorización escrita de los titulares del copyright, bajo las sanciones establecidas por las leyes, la reproducción total o parcial de esta obra por cualquier medio o procedimiento, comprendidos la reprografía y el tratamiento informático, y la distribución de ejemplares de ella mediante alquiler o préstamo públicos.

Índice

A la deriva, prólogo de Vicente Campos 7

Los mejores cuentos de los Mares del Sur
1. *La semilla de McCoy* 11
2. *La casa de Mapuhi* 53
3. *El diente de ballena* 85
4. *El pagano* 101
5. *Las terribles Salomón* 131
6. *Mauki* 153
7. *«¡Yah! ¡Yah! ¡Yah!»* 175
8. *El inevitable hombre blanco* 193

A LA DERIVA

En el sexto volumen de la colección Reencuentros, *Los mejores cuentos del Gran Norte*, se apuntaba que Jack London había legado al imaginario colectivo un espacio que, desde el punto de vista literario, había hollado él por primera vez. La mirada de sucesivas generaciones de lectores sobre el gélido Klondike, su paisaje y la fauna humana que lo poblaba sería deudora, desde entonces, de la imagen que dejó fijada en algunas de aquellas magistrales narraciones. Peca de grandilocuencia denominarle, como hizo alguno de sus celosos biógrafos, «el Homero de la fiebre del oro», y sin embargo, el sentido último del elogioso apelativo no es descabellado.

Pero London, un incontinente de la pluma —primero por pasión y, avanzada su vida, por apremios económicos—, escribió sobre variopintos escenarios geográficos: bajos fondos urbanos, la California rural o las islas del sur del Pacífico; verdad es que, en estos casos, no puede atribuírsele el descubrimiento de ningún espacio literario, y mucho menos en el que nos ocupa —los Mares del Sur ya habían sido *visitados* por los grandes de la narrativa anglosajona, de Melville a Conrad pasando por Stevenson—, pero eso no es óbice para encontrar en estos relatos algunas de las mejores páginas del autor: aquí está la magia inaprensible del narrador que atrapa, hechiza y sorprende en cada giro de la acción, la sabiduría de quien pinta un paisaje con dos precisas pinceladas, ni una más, y la rabia del que se intuye impotente ante las injusticias de la vida y del mundo.

Sabido es que la obra literaria de Jack London se despliega en paralelo, casi como una segunda piel, a su azarosa deriva biográfica. Y significativo es el detalle de que mientras que sólo pasó unos meses de su vida en el Klondike, este incansable viajero fue, desde su adolescencia, un enamorado del mar, un hombre fascinado y recurrentemente atraído por ese escenario privilegiado de la aventura. Ya en 1891, a los quince años, sus correrías por los muelles de Oakland le llevaron a frecuentar dudosas compañías, y a los diecisiete se enroló en un buque que pescaba focas en el norte del Pacífico. Peripecias de las que sacaría cumplido provecho literario —y pecuniario— en, respectivamente, *Cuentos de la patrulla pesquera* y *El lobo de mar*. Tras esos primeros escarceos con el lumpen y el ambiente tabernario del puerto y con los peligros de alta mar (experiencia de la que saldría su primer relato publicado «Historia de un tifón frente a la costa del Japón»), en 1906, ya adinerado escritor de éxito, inicia la construcción del *Snark*, goleta con la que, en la primavera del año siguiente, emprenderá un accidentado viaje alrededor del mundo. Tan accidentado —salpicado de averías mecánicas, interrupciones por problemas económicos y, al llegar al Pacífico sur, una sucesión de enfermedades— que finalmente tuvo que suspenderse sin completar el periplo. No obstante ese viaje le proporcionó el conocimiento de primera mano y la materia prima para una inevitablemente prolífica serie de textos —reportajes periodísticos, una novela y una treintena de narraciones breves— situados en los Mares del Sur.

Esos relatos conservan todavía la fuerza narrativa del primer London y reproducen, con el fondo del nuevo paisaje feraz y marino pero tan inhóspito y ominoso como el desolado Norte, el mismo universo literario y las mismas filias y fobias de su obra anterior. Como si quisiera encarnar involuntariamente el tópico de que uno puede huir de cualquier sitio pero no de sí mismo, el autor desplaza sus obsesiones unos miles de millas al sur, entre islas y atolones, traficantes de esclavos y comerciantes de perlas, caníbales y cazadores de cabezas... Aunque, releídos con atención sí se percibe aquí una diferencia en el tono: en los pocos años transcurridos entre la frustrada aventura del Gran Norte y la interrumpida travesía por los Mares del Sur, London había pasado de joven promesa literaria a convertirse en uno de los escritores más famosos y mejor pagados de su país, y, en paralelo, había empezado un declive personal que, con altibajos, sería ya irreversible. Ese tortuoso viaje interior se plasma visiblemente en estas narraciones breves, sobre todo al compararlas con las del ciclo del Norte: la naturaleza sigue siendo cruel e indiferente al sufrimiento humano, pero ahora, además, adquiere un matiz de ensañamiento con sus víctimas, como si se regodeara con el sufrimiento de sus impotentes marionetas —véase «La semilla de McCoy»: la angustiosa deriva de un barco con la bodega en llamas que no encuentra donde fondear, acercado y alejado una y otra vez de las costas por los elementos: corrientes, vientos desfavorables, bancos de arena—; y también personajes y situaciones se oscurecen, desaparece por completo el tono elegíaco y casi heroico de algunas de las narraciones del Norte e irrumpe en estas páginas un humor negro, casi tétrico, más emparentado con el cinismo que con la sátira —la descripción de «las terribles Salomón» en el cuento del mismo nombre con su orgía de violencia y su sucesión de asesinatos y matanzas, *graciosamente* atribuidos a ahogamientos y disentería; o la muerte anunciada del misionero que se interna en montes atestados de caníbales poco dispuestos a la conversión en «El diente de la ballena»—.

El autor de estos relatos es un hombre que se desplaza hacia la amargura: hay un énfasis en el detalle macabro, un distanciamiento sarcástico ante la hostilidad de la naturaleza y ante la impotencia y brutalidad humanas, que, curiosamente, lo aproximan a la narrativa de horror, pero no tanto a la de Poe y sus discípulos como a la de los góticos más decadentes. Y aun así, pese a esta deriva lúgubre, seguimos encontrando aquí al London de siempre: aventura en estado puro, rebeldía con causa, vitalidad que rezuma en cada párrafo. Tal vez ya no sea el hiperbólico Homero de la fiebre del oro pero pocos autores han retratado con más pasión y convencimiento esos mares en los que, tarde o temprano, todos acabamos siendo náufragos.

Vicente Campos
Julio de 2008

1
LA SEMILLA DE McCOY

El *Pyrenees*, cuyo casco de hierro estaba muy hundido por su carga de trigo, bogaba perezosamente, lo que facilitó la tarea al hombre que subía a bordo desde una pequeña canoa con flotadores. Cuando sus ojos llegaron a la altura de la borda y pudo ver la cubierta, le pareció que había una tenue neblina, casi invisible. Era más como una ilusión, como una película borrosa que hubiese cubierto de pronto sus ojos. Sintió ganas de arrancársela con las manos, y en ese instante pensó que se estaba haciendo viejo y había llegado el momento de encargar unas gafas en San Francisco.

Cuando subió a bordo le echó un vistazo a los grandes mástiles y, luego, a las bombas. Estaban apagadas. No parecía que hubiera nada fuera de lugar en el gran barco y se preguntó por qué habían izado la señal de socorro. Pensó en sus felices isleños y deseó que no fuera por una enfermedad. Quizás el barco se hubiera quedado sin agua o provisiones. Estrechó la mano del capitán cuyo demacrado rostro y ojos preocupados no podían ocultar que tenía un problema, cualquiera que fuese. En ese instante el recién llegado notó un ligero olor, indefinible. Se parecía al pan quemado, pero distinto.

Miró con curiosidad a su alrededor. A veinte pies se hallaba un marinero con el rostro cansado calafateando la cubierta. Al demorarse sus ojos en el hombre, de repente vio elevarse bajo sus manos una tenue espiral de neblina que se enroscó, retorció y desapareció. Ya estaba en cubierta. Sus pies descalzos se impregnaron de un calor suave que rápidamente penetró por sus gruesas callosidades. Ahora sabía cuál era la naturaleza del peligro que corría el barco. Sus ojos vagaron hacia delante, donde toda la tripulación de rostros cansados le miraba ansiosamente. La mirada de sus acuosos ojos marrones los barrió como si fuera una bendición, tranquilizándolos, como envolviéndolos en un manto de paz.

—¿Cuánto tiempo lleva encendido, capitán? —preguntó con una voz tan dulce e imperturbable que era como el arrullo de una paloma.

Al principio el capitán sintió la paz y serenidad inundarle; luego la conciencia de todo por lo que había tenido que pasar y estaba pasando le golpeó, y estaba resentido. ¿Con qué derecho aquel andrajoso vagabundo de la playa, con pantalón de peto y camisa de algodón, podía infundir paz y serenidad en él y a su alterada, exhausta alma? El capitán no razonó así; fue un proceso inconsciente de emoción lo que causó su resentimiento.

—Quince días —contestó secamente—. ¿Quién es usted?

—Mi nombre es McCoy —respondió con un tono que destilaba ternura y compasión.

—Quiero decir que si es usted el piloto.

McCoy dirigió la bendición de su mirada hacia el hombre alto, de hombros anchos y rostro demacrado, sin afeitar, que se había reunido con el capitán.

—Soy tan piloto como cualquier otro —fue la respuesta de McCoy—. Aquí todos somos pilotos, capitán, y conozco cada pulgada de estas aguas.

Pero el capitán se impacientó.

—Lo que quiero es ver a alguien de las autoridades. Quiero hablar con ellos y quiero hacerlo ya.

—Entonces también le sirvo.

¡Otra vez aquella insidiosa sugerencia de paz, mientras su barco ardía furiosamente bajo sus pies! El capitán levantó las cejas con impaciencia y nerviosismo y apretó los puños como si fuera a golpear a alguien.

—¿Quién demonios es usted? —exigió saber.

—Soy el magistrado jefe —fue la contestación con una voz que seguía siendo la más suave y dulce que se pueda imaginar.

El hombre alto, de anchos hombros rompió a reír con una carcajada que en parte era risueña, pero sobre todo histérica. Ambos, él y el capitán, examinaron a McCoy con incredulidad y sorpresa. Era inconcebible que tal vagabundo descalzo pudiera poseer una dignidad tan altisonante. Su camisa de algodón, desabrochada, dejaba ver un pecho grisáceo y el hecho de que no llevaba camiseta. Un gastado sombrero de paja les había ocultado sus revueltos cabellos grises. Le colgaba hasta medio pecho una patriarcal barba desaliñada. En cualquier tenducha, hubieran bastado dos chelines para equiparle tal y como lo estaba.

—¿Tiene algo que ver con el McCoy del *Bounty*? —preguntó el capitán.

—Era mi bisabuelo.

—Oh —dijo el capitán, luego se acordó de sí mismo—. Mi nombre es Davenport, y éste es mi primer oficial, el señor Konig.

Se estrecharon las manos.

—Y ahora a trabajar. —El capitán habló deprisa, la urgencia de la situación oprimía su pecho—. El incendio dura ya dos semanas. Y el barco puede ceder en cualquier momento. Por eso he venido a Pitcairn. Quiero encallarlo o hundirlo y salvar el casco.

—Entonces ha cometido un error, capitán —dijo McCoy—. Debería haberse dirigido a Mangareva. Allí hay una hermosa playa, en una laguna que parece un estanque.

—Pero estamos aquí, ¿no? —dijo el primer oficial—. No hay vuelta atrás. Estamos aquí y tenemos que hacer algo.

McCoy asintió con la cabeza amablemente.

—Aquí no pueden hacer nada. No hay playa. Ni siquiera un fondeadero.

—¡Cómo! —dijo el oficial—. ¡Cómo! —repitió más alto, mientras el capitán le indicaba que hablara más bajo—. No me venga con ésas. ¿Dónde guardan sus propios barcos? ¿eh?... ¿su goleta, o su cúter o lo que sea que tengan? ¿Eh? Contésteme a eso.

McCoy sonrió tan dulcemente como hablaba. Su sonrisa era una caricia, un abrazo que envolvía al cansado oficial e intentaba arrastrarlo hacia la serenidad y descanso de la tranquila alma de McCoy.

—No tenemos ninguna goleta ni cúter —respondió—. Y transportamos nuestras canoas hasta lo alto del acantilado.

—Eso tendré que verlo con mis propios ojos —bramó el oficial—. ¿Y cómo se desplazan a las otras islas de alrededor? ¿Eh? A ver, dígame.

—No vamos a otras islas. Como gobernador de Pitcairn, yo a veces voy. Cuando era más joven, salía a menudo... a veces en una goleta mercante, casi siempre en el bergantín de los misioneros. Pero ahora no está y dependemos de los navíos de paso. A veces hemos llegado a ver hasta seis en un año. Otras, ha transcurrido un año o incluso más sin que pase ningún barco. El suyo es el primero en siete meses.

—Acaso va a decirme... —empezó a decir el oficial.

Pero el capitán Davenport le interrumpió.

—Basta. Estamos perdiendo el tiempo. ¿Qué podemos hacer, señor McCoy?

El viejo isleño volvió sus ojos marrones, tan dulces como los de una mujer, hacia la costa y el capitán y el oficial siguieron su mirada desde la solitaria roca de Pitcairn hasta la tripulación agrupada ante ellos y esperando ansiosamente que tomaran una decisión. McCoy no se precipitó. Pensó lenta y tranquilamente, paso a paso, con la certidumbre de una mente que nunca ha sido maltratada u ofendida por la vida.

—Ahora el viento ha amainado —dijo finalmente—. Hay una fuerte corriente hacia el oeste.

—Por eso vinimos a sotavento —le interrumpió el capitán, deseoso de demostrar su profesionalidad de hombre de mar.

—Sí, es lo que les trajo a sotavento —prosiguió McCoy—. Bueno, hoy no podrán ir a contra corriente. Y si lo hicieran, no hay playa. Perderían el barco.

Hizo una pausa, y el capitán y el oficial se miraron el uno al otro desesperadamente.

—Pero les diré lo que pueden hacer. La brisa se levantará alrededor de medianoche... ¿ven esas nubes que se están espesando a barlovento, más allá de ese punto de ahí? De allí vendrá el viento, del sureste, fuerte. Hay trescientas millas hasta Mangareva. Diríjanse allí. Encontrarán un hermoso lecho para su barco.

El oficial asintió con la cabeza.

—Acompáñeme al camarote y veamos la carta de navegación —dijo el capitán.

La atmósfera del camarote cerrado le pareció a McCoy sofocante y tóxica. Oleadas de gases invisibles golpearon sus ojos escociéndolos. El suelo estaba más caliente, sus pies descalzos casi no podían soportarlo. El sudor brotó de su cuerpo. Miró con aprensión a su alrededor. Aquel maligno calor interno era asombroso. Sentía como si estuviera dentro de un enorme horno donde el calor podía subir mucho en cualquier momento y secarlo como una brizna de hierba.

Cuando levantó un pie y se frotó la planta caliente contra la pernera del pantalón, el oficial se echó a reír de un modo salvaje, gruñendo.

—La antecámara del infierno —dijo—. El infierno mismo está justo aquí bajo sus pies.

—¡Está muy caliente! —gritó McCoy involuntariamente, enjugándose la cara con un pañuelo.

—Aquí está Mangareva —dijo el capitán, inclinándose sobre la mesa y señalando un punto negro en medio de la blancura de la carta de navegación—. Y aquí, en medio, hay otra isla. ¿Por qué no ir ahí?

McCoy no miró la carta.

—Esa isla se llama Crescent —contestó—. Está deshabitada y sólo sobresale dos o tres pies del nivel del agua. Hay una laguna, pero sin entrada. No, Mangareva es el sitio más cercano que les pueda servir.

—Bueno, pues será Mangareva —dijo el capitán Davenport, interrumpiendo el gruñido de objeción del oficial—. Llame a la tripulación a popa, señor Konig.

Los marineros obedecieron, arrastrándose cansados por la cubierta y procurando apresurarse penosamente. Cada movimiento denotaba su cansancio. El cocinero salió de su cocina para escuchar y el grumete se mantuvo a su lado.

Cuando el capitán Davenport hubo explicado la situación y anunciado su intención de ir hasta Mangareva, se armó un alboroto. Sobre un fondo de ruidos guturales se elevaban gritos de rabia inarticulados, una maldición clara aquí o allá, alguna palabra o frase. «¡Por Dios! Hemos pasado quince días en el infierno... ¡y ahora quiere que zarpemos otra vez en este infierno flotante!»

El capitán no podía controlarlos, pero la amable presencia de McCoy parecía reprenderlos y calmarlos, y los murmullos y maldiciones fueron apagándose hasta que toda la tripulación, menos algún rostro aquí o allá que miraba ansioso al capitán, se volvió con sordo anhelo hacia los picos vestidos de verde y las frondosas costas de Pitcairn.

La voz de McCoy era tan suave como un céfiro de primavera:

—Capitán, me parece haber oído que algunos están hambrientos.

—Sí —contestó—, todos lo estamos. Sólo he probado una galleta y una cucharada de salmón desde hace dos días. Tenemos que racionar. Mire, cuando descubrimos el incendio, cerramos todo con listones para sofocar el fuego. Y luego nos dimos cuenta de cuán poca comida había en la despensa. Pero era demasiado tarde. No nos atrevimos a entrar en la bodega. ¿Hambrientos? Estoy tan hambriento como ellos.

Habló de nuevo con los hombres y de nuevo se elevaron el ruido gutural y las maldiciones, sus caras se deformaron de rabia. El segundo y tercer oficial se habían unido al capitán, situados tras él en la popa. Sus rostros inexpresivos estaban fijos; parecía que aquel motín de la tripulación, más que nada, les aburría. El capitán Davenport miró inquisitivamente a su primer oficial, y éste simplemente se encogió de hombros en señal de impotencia.

—Ya lo ve —le dijo el capitán a McCoy—, no se puede obligar a los marineros a abandonar la seguridad de la tierra y zarpar en un navío en llamas. Llevan más de dos semanas en este ataúd flotante. Están agotados, se mueren de hambre y no pueden más. Iremos a Pitcairn.

Pero el viento era leve, el fondo del *Pyrenees* estaba en muy malas condiciones, y no podía avanzar contra la fuerte corriente del oeste. Al cabo de dos horas había perdido tres millas. Los marineros trabajaban duramente, como si con su fuerza pudieran obligar al *Pyrenees* a avanzar en contra de los elementos adversos. Pero siempre, tras las bordadas a babor y a estribor, volvía a replegarse hacia el oeste. El capitán andaba de un lado a otro sin descanso, deteniéndose ocasionalmente para vigilar las tenues espirales de humo y seguirlas hasta la parte de la cubierta de la que brotaban. El carpintero se ocupaba constantemente de intentar localizarlas y, cuando lo conseguía, debía calafatearlas una y otra vez.

—Bueno, ¿qué le parece? —preguntó finalmente el capitán a McCoy, que estaba observando al carpintero con el interés y la curiosidad de un niño en sus ojos.

McCoy miró hacia la costa, donde la tierra desaparecía en una espesa bruma.

—Creo que sería mejor dirigirse a Mangareva. Con la brisa que se está levantando, llegará allí mañana por la tarde.

—Pero ¿qué pasará si el fuego estalla? Es probable que lo haga en cualquier momento.

—Tenga los botes preparados en la borda. La misma brisa los llevara hasta Mangareva si el barco arde.

El capitán Davenport caviló un instante, y entonces McCoy oyó la pregunta que no quería oír, pero que sabía que llegaría pronto.

—No tengo carta de navegación de Mangareva. En la carta general es sólo una cagada de mosca. No sabría dónde buscar la entrada a la laguna. ¿Podría acompañarnos y hacer de piloto?

McCoy no se alteró.

—Sí, capitán —dijo con la misma calma indiferente con que hubiera aceptado una invitación a cenar—, le acompañaré hasta Mangareva.

De nuevo llamaron a la tripulación y el capitán les habló desde el castillo de popa.

—Hemos intentado maniobrar el barco, pero ya veis que nos hemos alejado aún más. Estamos metidos en una corriente de dos nudos. Este caballero es el honorable McCoy, magistrado jefe y gobernador de la isla de Pitcairn. Nos acompañará hasta Mangareva. Así que ya veis que la situación no es tan peligrosa. No habría hecho tal ofrecimiento si pensara que iba a morir. Además, cualquiera que sea el riesgo, si él lo corre subiendo a bordo libremente, nosotros no podemos ser menos. ¿Qué decís de ir a Mangareva?

Esta vez no hubo alboroto. La presencia de McCoy, la seguridad y calma que parecían irradiar de él habían hecho efecto. Hablaron entre ellos en voz baja. Hubo algunas presiones. Su decisión fue prácticamente unánime y empujaron hacia adelante al marinero con acento *cockney* que eligieron como portavoz. Aquel hombre respetable estaba abrumado al ser consciente del heroísmo que demostraban él y sus compañeros, y con los ojos centelleantes gritó:

—¡En nombre de Dios, si él lo hace, nosotros lo haremos!

La tripulación farfulló su asentimiento y se puso manos a la obra.

—Un momento, capitán —dijo McCoy, cuando el otro se giraba para dar órdenes al oficial—. Primero debo ir a tierra.

El señor Konig se quedó pasmado mirando fijamente a McCoy como si estuviera loco.

—¡Ir a tierra! —gritó el capitán—. ¿Para qué? Le llevará tres horas llegar hasta allí en su canoa.

—Sí, ahora son las seis. No llegaré a tierra hasta las nueve. Es imposible reunir a la gente antes de esa hora. Cuando se levante la brisa por la noche, puede empezar a navegar y recogerme al alba mañana por la mañana.

—En nombre de la razón y el sentido común —explotó el capitán—. ¿Para qué quiere reunir a la gente? ¿No se da cuenta de que el barco se esta quemando bajo mis pies?

McCoy estaba tan apacible como mar en calma y la ira del otro no provocó la más mínima arruga en él.

—Sí, capitán —arrulló con su voz de paloma—, me doy cuenta de que su barco se está quemando. Por eso voy a ir con usted a Mangareva. Pero debo obtener el permiso para ir con usted. Es nuestra costumbre. Que el gobernador abandone la isla es un asunto importante. Los intereses de la gente están en juego, así que tienen derecho a votar para dar su permiso o negarlo. Pero me lo darán, lo sé.

—¿Está seguro?

—Desde luego.

—Entonces si está seguro de que se lo darán, ¿por qué molestarse en conseguirlo? Piense en el retraso... toda una noche.

—Es la costumbre —fue la imperturbable respuesta—. Además, soy el gobernador, y debo dar instrucciones en cuanto a la gestión de la isla durante mi ausencia.

—Pero si sólo está a veinticuatro horas de Mangareva —objetó el capitán—. Supongamos que tarde seis veces más en volver contra el viento; estaría de vuelta al final de la semana.

McCoy le brindó su gran sonrisa benévola.

—Muy pocos navíos vienen a Pitcairn, y cuando lo hacen en general vienen de San Francisco o de los alrededores del cabo de Hornos. Tendré suerte si vuelvo antes de seis meses. Quizás tarde un año y quizás tenga que ir a San Francisco para encontrar un navío que me traiga de vuelta. Una vez mi padre salió de Pitcairn por tres meses y pasaron dos años antes de que pudiera volver. Además tampoco tienen comida. Si tuvieran que subir a los botes y viniera mal tiempo podrían tardar días en llegar a tierra. Puedo conseguir dos canoas cargadas con comida por la mañana. Plátanos secos serán lo mejor. Cuando se levante la brisa, empiece a navegar. Cuanto más cerca esté, mayor será la carga que pueda traer. Me despido.

Extendió la mano. El capitán se la estrechó y se mostró reacio a soltarla. Parecía agarrarse a ella como un marinero naufragado a una boya salvavidas.

—¿Cómo sabré que volverá por la mañana? —preguntó.

—¡Sí, eso! —gritó el oficial—. ¿Cómo podemos estar seguros de que no está huyendo para salvar su pellejo?

McCoy no dijo nada. Le miró dulce y bondadosamente, y les pareció recibir un mensaje de la tremenda fortaleza de su alma.

El capitán soltó su mano y, con una última mirada que envolvió a la tripulación con su bendición, McCoy pasó por la borda y subió a su canoa.

El viento se levantó y el *Pyrenees*, a pesar de su fondo envenenado, le ganó a la corriente media docena de millas. Al alba, con Pitcairn a tres millas a barlovento, el capitán Davenport vio dos canoas acercándose. De nuevo McCoy trepó por un costado y saltó por la borda a la cubierta caliente. Le seguían varios paquetes de plátanos secos, cada uno envuelto en pieles secas.

—Ahora, capitán —dijo—, pongámonos en marcha y crucemos el mar por su vida. Sabe, no soy navegante —explicó unos minutos más tarde, de pie en la popa junto al capitán, el cual mirando desde arriba, por el costado, cómo se alejaban, estimaba la velocidad del *Pyrenees*—. Debe llevar el barco hasta Mangareva. Cuando alcancemos la isla, lo pilotaré hasta la laguna. ¿A cuántos nudos cree que avanzamos?

—Once —contestó el capitán Davenport con una última mirada al agua que se deslizaba bajo el casco.

—Once. A ver, si mantiene esta velocidad, avistaremos Mangareva entre las ocho y las nueve en punto mañana por la mañana. Llegaremos a la playa hacia las diez o las once como muy tarde. Y entonces se habrán acabado sus problemas.

Tan persuasiva era la convicción de McCoy que al capitán casi le parecía que aquel bendito momento había llegado ya. El capitán Davenport había soportado la tensión del miedo de gobernar su barco incendiado durante dos semanas y empezaba a sentir que ya era suficiente.

Una fuerte ráfaga de viento le golpeó en la nuca y silbó en sus oídos. Calculó su fuerza y rápidamente miró por la borda.

—El viento nos está ayudando —anunció—. Este viejo compañero avanza más cerca de los doce nudos que de los once ahora mismo. Si se mantiene esta noche, estaremos cerca.

Durante todo el día el *Pyrenees*, con su carga de llamas, se debatió a través de la espuma del mar. Hacia el anochecer, izaron los juanetes y se adentró en la oscuridad con grandes olas rugiendo tras él. El viento favorable había hecho efecto y a proa y a popa hubo una notable mejoría. En la segunda guardia algún alma despreocupada empezó a cantar y cuando sonaron las ocho campanadas toda la tripulación cantaba.

El capitán Davenport hizo que subieran sus mantas y las extendieran sobre la cabina.

—He olvidado lo que es dormir —le explicó a McCoy—. Estoy agotado. Pero llámeme en cualquier momento si lo cree necesario.

A las tres de la madrugada, un amable tirón en el brazo lo despertó. Se sentó rápidamente, estirándose sobre el claror del cielo, aún atontado por su pesado sueño. El viento, contra las cuerdas, entonaba su canto de guerra en las jarcias, y un mar salvaje zarandeaba el *Pyrenees*. En crujía se inclinaba hacia un lado y luego al otro, inundándose la mayoría de las veces. McCoy estaba gritando algo que no consiguió oír. Extendió la mano, agarró al otro por el hombro y lo atrajo tan cerca de él que tenía la oreja pegada a sus labios.

—Son las tres —oyó que decía McCoy, aún con su voz de paloma pero extrañamente sorda, como viniendo de muy lejos—. Hemos recorrido doscientas cincuenta millas. Crescent está solo a treinta millas, en algún sitio ahí delante. No hay ninguna luz. Si seguimos así, chocaremos y perderemos el barco y la vida.

—¿Qué le parece... si nos ponemos al pairo?

—Sí; al pairo hasta el amanecer. Sólo nos retrasara cuatro horas.

Así que el *Pyrenees*, con su carga de fuego, fue halado, royendo los dientes del vendaval, luchando y rompiendo el estrépito del mar. Era un cascarón, cargado con un gran incendio, y sobre el cascarón, agarrándose precariamente, pequeños grupos de hombres lo ayudaban en su lucha, tirando y ciñendo las velas.

—Este vendaval es muy poco frecuente —le dijo McCoy

al capitán al abrigo de la cabina—. Normalmente no debería ocurrir en esta época del año. Pero el tiempo ha estado muy raro. Los alisios se han detenido, pero ahora están soplando justo en su dirección. —Estiró la mano en la oscuridad como si su visión pudiera penetrar sutilmente a cientos de millas—. Sopla hacia el oeste. Debe de haber algo gordo ahí fuera... un huracán o así. Tenemos suerte de estar lejos al este. Pero esto sólo es un pequeño golpe de viento —añadió—. No durará. Se lo puedo asegurar.

Al amanecer el vendaval había remitido. Pero la luz del día reveló un nuevo peligro. Había bruma. El mar estaba cubierto por la niebla o, mejor dicho, por una neblina nacarada tan densa como la bruma, tanto que impedía la visibilidad, pero no era más que una capa fina sobre el mar y el sol la atravesaba llenándola de un intenso resplandor.

La cubierta del *Pyrenees* despedía más humo que el día anterior y la alegría de los oficiales y la tripulación se había desvanecido. A cubierto del vendaval se podía oír al grumete lloriquear. Era su primer viaje y el miedo a la muerte invadía su corazón. El capitán vagaba por allí como alma en pena, retorciéndose nerviosamente el bigote, con el ceño fruncido, incapaz de tomar una decisión.

—¿A usted qué le parece? —preguntó, deteniéndose junto a McCoy, que estaba desayunando un plátano frito y un tazón de agua.

—Bueno, capitán, tanto nos da avanzar que arder. Su cubierta no va a aguantar para siempre. Esta mañana está más caliente. ¿No tendría un par de zapatos para mí? Me resulta incómodo con los pies descalzos.

El *Pyrenees* aguantó dos golpes de mar balanceándose y volvió a su posición inicial, y el oficial expresó el deseo de meter toda esa agua en la bodega si se pudiera hacer

La semilla de McCoy

sin abrir las escotillas. McCoy hundió su rostro en la bitácora y observó el rumbo que llevaban.

—Yo remontaría un poco más el rumbo, capitán —dijo—. Nos hemos desviado al ponernos al pairo.

—Ya he remontado un punto —fue la contestación—. ¿No es suficiente?

—Yo remontaría dos puntos, capitán. Este pequeño golpe de viento ha acelerado la corriente del oeste más de lo que se imagina.

El capitán Davenport transigió con un punto y medio, y subió a cubierta, acompañado por McCoy y el primer oficial para echar un vistazo en busca de tierra. La navegación iba bien y el *Pyrenees* avanzaba a diez nudos. Tras ellos el mar desaparecía rápidamente. No había ni un claro en la nacarada niebla, y hacia las diez el capitán Davenport empezó a ponerse nervioso. Todos los hombres estaban en su puesto, preparados para lanzarse como diablos a la tarea de poner el *Pyrenees* contra el viento, en cuanto avistaran tierra. Aquella tierra, un arrecife batido por las olas, se encontraría peligrosamente cerca de ellos cuando apareciera en medio de aquella bruma.

Pasó otra hora. Los tres vigías miraban atentamente el resplandor nacarado desde las cofias.

—¿Qué pasará si pasamos Mangareva de largo? —preguntó bruscamente el capitán Davenport.

McCoy, sin dejar de mirar, contestó suavemente:

—Siga adelante, capitán. Es todo lo que podemos hacer. Tenemos por delante todas las Paumoto. Podemos seguir durante mil millas a través de arrecifes y atolones. Por fuerza llegaremos a algún sitio.

—Entonces adelante. —El capitán Davenport mostró su intención de bajar a cubierta—. Hemos pasado Mangareva de largo. Sólo Dios sabe dónde está la tierra más cercana. Ojalá hubiera remontado otro medio punto —confesó un poco más tarde—. Esta maldita corriente es un endemoniado problema para un navegante.

—Los viejos navegantes llamaban a las Paumoto el Archipiélago Peligroso —dijo McCoy cuando volvieron a popa—. Esta corriente es en parte responsable del apelativo.

—Una vez hablé con un marinero en Sydney —dijo el señor Konig—. Había viajado por las Paumoto. Me dijo que el seguro sólo cubre el dieciocho por ciento. ¿Es eso cierto?

McCoy sonrió y asintió con la cabeza.

—Sólo que no los aseguran —explicó—. Los propietarios cancelan el veinte por ciento del valor de sus goletas cada año.

—¡Por Dios! —gruñó el capitán Davenport—. ¡Eso reduce la vida de una goleta únicamente a cinco años! —Movió la cabeza con tristeza, murmurando—. ¡Malas aguas! ¡Malas aguas!

De nuevo bajaron a la cabina para consultar la gran carta de navegación; pero los vapores venenosos les devolvieron a cubierta tosiendo y jadeando.

—Aquí está la isla Moerenhout —señaló el capitán Davenport en la carta que había extendido sobre el techo de la cabina—. No puede estar a más de cien millas a sotavento.

—Ciento diez. —McCoy movió la cabeza dubitativamente—. Puede hacerse, pero es muy difícil. Quizás pueda llegar a la playa, pero es posible que choquemos contra el arrecife. Un mal sitio, un muy mal sitio.

—Lo intentaremos a ver si hay suerte —decidió el capitán Davenport, mientras se ponía a calcular el rumbo.

Arriaron parte de la velas por la tarde, para evitar pasar de largo durante la noche; y en la segunda guardia la tripulación mostró renovada alegría. La tierra estaba muy cerca y sus problemas se habrían acabado por la mañana.

Pero la mañana se levantó clara, con un brillante sol tropical. El viento del sureste había cambiado al este y empujaba el *Pyrenees* por el agua a ocho nudos. El capitán Davenport se aplicó en sus cálculos, dejando un generoso margen por la deriva, y anunció que Moerenhout no podía estar a más de diez millas. El *Pyrenees* navegó las diez millas; navegó otras diez millas; y los vigías en los mástiles no vieron nada más que el mar desnudo bañado por el sol.

—Pero la tierra tiene que estar ahí, os lo aseguro —les gritó el capitán Davenport desde la popa.

McCoy sonrió dulcemente, pero el capitán lo miró enfurecido como un loco, agarró su sextante para efectuar una observación cronométrica.

—Sabía que tenía razón —gritó cuando acabó la observación—. Veintiuno, cincuenta y cinco, sur; uno treinta y seis, dos, oeste. Ésa es nuestra posición. Ahora estamos a ocho millas a barlovento. ¿Qué resultados tiene usted, señor Konig?

El primer oficial miró sus propios cálculos y dijo en voz baja:

—Veintiuno, cincuenta y cinco, bien; pero mi longitud es de uno treinta y seis, cuarenta y ocho. Esto nos sitúa mucho más a sotavento...

Pero el capitán Davenport ignoró sus cálculos con un silencio tan despectivo que el señor Konig apretó los dientes y soltó una maldición por lo bajo.

—Hay que largar —ordenó el capitán al timonel—. Tres puntos... ¡justo ahí, sigue así!

Entonces retomó sus cálculos y volvió a hacerlos. El

sudor perlaba de su rostro. Se mordió el bigote, los labios y el lápiz, mirando fijamente sus cálculos como si fueran fantasmas. De repente, presa de un virulento arrebato muscular, estrujó el papel lleno de garabatos con el puño y lo pisoteó. El señor Konig sonrió rencorosamente y se marchó, mientras el capitán Davenport se inclinó sobre la cabina y no dijo una palabra durante media hora, contentándose con mirar fijamente a sotavento con una expresión de contemplativa desesperación en su rostro.

—Señor McCoy —rompió el silencio bruscamente—. La carta indica un grupo de islas, pero no dice cuántas, hacia el norte, o nornoroeste, a unas cuarenta millas... las islas Acteón. ¿Qué me dice de ellas?

—Hay cuatro, todas bajas —contestó McCoy—. La primera al sureste es Matuerui... no hay nadie y no hay entrada a la laguna. Luego está Tenarunga. Solían vivir unas doce personas, pero quizás se hayan ido. De todas formas, no hay entrada para un barco... sólo puede hacerlo un bote, tiene una brazada de agua. Vehauga y Teua-raro son las otras dos. No hay gente, ni entradas y son muy bajas. No hay lecho para el *Pyrenees* en esas islas. Sería un auténtico naufragio.

—¡Lo que hay que oír! —gritó el capitán Davenport frenético—. ¡Ni gente! ¡Ni entradas! ¿Para qué demonios están esas islas?

»Bueno, entonces —ladró de repente, como un terrier excitado—, la carta indica un montón de islas al noroeste. ¿Qué pasa con ésas? ¿Alguna tiene una entrada por donde pueda meter mi barco?

McCoy lo pensó con calma. No miró la carta. Todas aquellas islas, arrecifes, bancos de arena, lagunas, entradas y distancias estaban marcados en la carta de su memoria. Las conocía como el urbanita conoce los edificios, calles y paseos de su ciudad.

—Papakena y Vanavana están al oeste, u oeste-noroeste a un poco más de cien millas —dijo—. Una está desierta, y he oído que los habitantes de la otra se marcharon a Cadmus. De todas formas, ninguna de las lagunas tiene entrada. Ahunui está a otras cien millas al noroeste. Sin entrada y desierta.

—Bueno, a cuarenta millas más hay otras dos islas, ¿no? —inquirió el capitán Davenport, levantando la cabeza de la carta de navegación.

McCoy asintió con la cabeza.

—Paros y Manuhungi... sin entradas, desiertas. Nengonengo está a cuarenta millas de allí y tampoco tiene entradas ni habitantes. Pero está la isla de Hao. Es el lugar que necesitamos. La laguna tiene treinta millas de largo y cinco millas de ancho. Hay mucha gente. En general se puede encontrar agua. Y cualquier barco del mundo puede acceder por el paso.

Se detuvo y miró solícito al capitán Davenport, el cual, inclinado sobre la carta con un par de compases en la mano, acababa de emitir un gruñido sordo.

—¿Hay alguna laguna en la que podamos entrar en algún sitio más cercano que la isla de Hao? —preguntó.

—No, capitán; ése es el sitio más cercano.

—Bueno, pues está a trescientas cuarenta millas. —El capitán Davenport hablaba muy despacio, con decisión—. No pondré en peligro todas estas vidas. Hundiré el barco en las Acteón. Y eso que es un buen barco —añadió con pesar, tras modificar el rumbo, esta vez dejando más margen que nunca por la corriente del este.

Una hora después el cielo estaba nublado. El viento del sureste seguía soplando, pero el océano era un damero de ráfagas de viento.

—Bien, llegaremos allí hacia la una —anunció el capitán Davenport confidencialmente—. Hacia las dos estaremos en el borde exterior. McCoy, usted nos llevará a la que está habitada.

El sol no volvió a aparecer, ni, a la una, se veía rastro de tierra. El capitán Davenport miró por la popa la estela que dejaba el *Pyrenees*.

—¡Santo Dios! —gritó—. ¡Una corriente del este! ¡Fíjese!

El señor Konig no se lo creía. McCoy estuvo evasivo, aunque dijo que en las Paumoto no había razón para que no hubiera una corriente del este. Unos minutos después una ráfaga dejó temporalmente al *Pyrenees* sin viento, y quedó balanceándose a merced del mar.

—¿Dónde está la sonda de profundidad? ¡Tú, tráemela! —El capitán Davenport la sostuvo y observó cómo se desviaba hacia el noreste—. ¡Miren, fíjense! Véanlo ustedes mismos.

McCoy y el oficial así lo hicieron y sintieron cómo la sonda oscilaba y vibraba salvajemente por la fuerza de la corriente.

—Una corriente de unos cuatro nudos —dijo el señor Konig.

—Una corriente del este en vez del oeste —dijo el capitán Davenport, mirando acusadoramente a McCoy, como echándole la culpa de aquello.

—Ésta es una de las razones por las que los seguros sólo cubren el dieciocho por ciento en estas aguas —contestó McCoy alegremente—. Son imprevisibles. Las corrientes siempre cambian. Había un hombre que escribía libros, he olvidado su nombre, en el yate *Casco*. Pasó de largo Takaroa unas treinta millas y llegó a Tikei, todo a causa de los cambios de corriente. Ahora está demasiado a barlovento, y sería mejor que largara unos cuantos puntos.

—¿Pero cuánto me ha desviado la corriente? —gritó furioso el capitán—. ¿Cómo puedo saber cuántos puntos debo largar?

—No lo sé, capitán —dijo McCoy con mucha amabilidad.

El viento volvió a soplar y el *Pyrenees*, con la cubierta humeante y lanzando destellos bajo la brillante luz gris, siguió hacia sotavento. Remontó, virando a babor y estribor, avanzando en zigzag, peinando el mar en busca de las islas Acteón, que no logró avistar el vigía del mástil.

El capitán Davenport estaba fuera de sí. Su rabia tomó la forma de un hosco silencio y pasó la tarde paseando de un lado a otro de la popa o inclinado en los obenques. Al anochecer, sin siquiera consultar a McCoy, desvió el rumbo y se dirigió hacia el noroeste. El señor Konig, al consultar subrepticiamente la carta de navegación y la bitácora, y McCoy, al observar la bitácora inocentemente y sin esconderse, supieron que se dirigían hacia la isla de Hao. Hacia medianoche las ráfagas de viento dejaron de soplar y salieron las estrellas. El capitán Davenport se alegró ante la promesa de un día claro.

—Por la mañana haré una observación con el sextante —le dijo a McCoy—, aunque calcular la latitud es harto complicado. Pero usaré el método Summer y lo conseguiré. ¿Conoce la línea Summer?

Y acto seguido se lo explicó en detalle a McCoy.

El día resultó ser claro, el viento soplaba a ritmo constante desde el este y el *Pyrenees*, así mismo constante, registraba nueve nudos. El capitán y el oficial calcularon su posición según la línea Summer y coincidieron, al igual que al mediodía, verificando los cálculos de la mañana con respecto a los de la noche.

—Otras veinticuatro horas y estaremos allí —le aseguró el capitán Davenport a McCoy—. Es un milagro que la cubierta de este viejo amigo siga aguantando. Pero no puede durar. No puede durar. Mire como echa humo, más y más cada día. Claro que es una cubierta fuerte, recién calafateada en San Francisco. El fuego nos cogió de improviso y tuvimos que asegurar las escotillas. ¡Fíjese en eso!

Se interrumpió para mirar boquiabierto una espiral de humo enrollándose y retorciéndose al abrigo del palo de mesana a veinte pies por encima de la cubierta.

—Pero, ¿cómo ha llegado hasta ahí? —preguntó indignado.

Por debajo no había nada de humo. Elevándose desde la cubierta lentamente, protegido del viento por el mástil, de algún modo extraño había tomado forma y visibilidad a aquella altura. Se retorció alejándose del mástil y durante un instante se mantuvo por encima del capitán como en señal de mal agüero. Al instante, el viento lo deshizo y la boca del capitán volvió a su sitio.

—Como le estaba diciendo, cuando aseguramos las escotillas, me cogió por sorpresa. Era una cubierta fuerte, aunque el humo salía como si fuera un colador. Y desde entonces no paramos de calafatear. Debe de haber una tremenda presión allí abajo para que salga tanto humo.

Por la tarde el cielo se volvió a nublar, lloviznaba y otra vez se levantaron las ráfagas de viento. Éste oscilaba constantemente entre el sureste y el noroeste, y a medianoche el *Pyrenees* fue sorprendido por una fuerte ráfaga del suroeste; a partir de ese momento el viento siguió soplando intermitentemente.

—No llegaremos a Hao hasta las diez o las once —se quejó el capitán Davenport a las siete de la mañana, cuando la efímera promesa de sol se esfumó ante las masas de espesas nubes provenientes del este. Y un instante después preguntaba lastimeramente—: ¿Y qué hacen las corrientes?

Los vigías de los mástiles no avistaron tierra alguna y el día pasó entre momentos de calma con llovizna y violentas ráfagas de viento. Al anochecer, el mar se embraveció por el oeste. El barómetro había caído a 29.50. No había viento y la mala mar seguía creciendo. Pronto el *Pyrenees* empezó a balancearse sin control entre las enormes olas que avanzaban en una procesión interminable desde la oscuridad del oeste. Arriaron las velas tan rápido como les fue posible a las dos guardias y cuando la cansada tripulación acabó, se podía oír en la oscuridad la voz quejumbrosa y plañidera del mar, como la de un animal particularmente amenazante. En un momento dado llamaron a la guardia de estribor a popa para sujetar firmemente y asegurar los cabos, y los hombres mostraron su resentimiento y mala gana. Cada movimiento lento era una protesta y una amenaza. La atmósfera era tan húmeda y pegajosa como la pez, y con la ausencia de viento todos parecían jadear y resollar en busca de aire. El sudor resbalaba por los rostros y los brazos descubiertos, y por una vez el capitán Davenport, con el rostro más demacrado y preocupado que nunca, y los ojos ya agitados ya quietos, se sentía oprimido por el sentimiento de que se acercaba una inminente calamidad.

—Está muy al oeste —dijo McCoy tratando de levantar los ánimos—. En el peor de los casos, sólo lo bordearemos.

Pero el capitán Davenport se negaba a que le animasen, y a la luz de un farol leyó el capítulo de su epítome de navegación que hablaba de la estrategia que se debía poner en práctica durante un huracán. Desde algún lugar del barco, el lloriqueo del mozo de cabina rompió el silencio.

—¡Oh, que se calle! —gritó el capitán Davenport de repente y con tanta fuerza que asustó a todos los hombres a bordo y espantó al ofensor haciéndole soltar un salvaje chillido de terror.

—Señor Konig —dijo el capitán con una voz que temblaba de rabia y nerviosismo—, ¿sería tan amable de bajar y cerrar la boca de ese mocoso con una fregona?

Pero fue McCoy quien bajó, y unos minutos después el chico estaba consolado y dormido.

Poco antes del amanecer el primer soplo de aire empezó a llegar desde el sureste, creciendo rápidamente hasta ser une brisa más y más fuerte. Todos los hombres estaban en cubierta esperando lo que pudiera venir después.

—Ahora vamos bien, capitán —dijo McCoy, en pie junto a él—. El huracán se encuentra hacia el oeste y estamos al sur de él. Esta brisa es la resaca. No soplará más fuerte. Puede empezar a izar las velas.

—Pero, ¿qué es lo que va bien? ¿Hacía donde debo ir? Llevamos dos días sin poder hacer una observación y debimos avistar la isla de Hao ayer por la mañana. ¿Por dónde queda? ¿Al norte, sur, este o qué? Dígamelo y navegaré hacia allí en un santiamén.

—No soy navegante, capitán —dijo McCoy en su tono suave.

—Yo pensaba serlo —replicó el capitán—, antes de adentrarme en estas Paumoto.

Al mediodía se oyó el grito de «¡Rompientes a la vista!» lanzado por el vigía. El *Pyrenees* se mantuvo alejado, y arriaron vela tras vela. El barco se deslizaba sobre el agua y luchaba contra la corriente que amenazaba con arrojarlo contra los rompientes. Los oficiales y los hombres trabajaban frenéticamente, incluso el cocinero y el grumete, el capitán Davenport y McCoy echaron una mano. Se salvaron por los pelos. Era un banco de arena muy bajo, un lugar inhóspito y peligroso sobre el que el mar rompía sin cesar, donde no podía vivir hombre alguno, y donde ni siquiera un ave de mar podía descansar. El *Pyrenees* se alejó de allí unas cien yardas antes de que el viento lo empujara libremente, y entonces la tripulación exhausta, una vez hecho su trabajo, explotó en un torrente de maldiciones contra McCoy —McCoy que había subido a bordo y propuesto ir a Mangareva, y los había sacado de la seguridad de Pitcairn hacia una segura destrucción en aquella desconcertante y terrible extensión de mar. Pero el alma tranquila de McCoy no se inmutó. Les sonrió con una simple y elegante benevolencia y, de alguna manera, su eminente bondad pareció penetrar en sus almas oscuras y sombrías, avergonzándolos, y la vergüenza acalló las maldiciones que vibraban en sus gargantas.

—¡Malas aguas! ¡Malas aguas! —murmuraba el capitán Davenport mientras su barco se alejaba del peligro; pero se interrumpió bruscamente para mirar el banco de arena que debería haber desaparecido hacia la popa, pero que se encontraba ahora a babor y acercándose rápidamente a barlovento.

Se sentó y hundió el rostro en sus manos. Luego el oficial, McCoy y la tripulación vieron lo que había visto. Al sur del banco una corriente del este los había devuelto hacía allí; al norte del banco una corriente igualmente fuerte del oeste se había apoderado del barco y los arrastraba lejos de allí.

—Había oído hablar de las Paumoto antes —gimió el capitán, levantando su pálido rostro de las manos—. El capitán Moyendale me habló de ellas tras perder su barco aquí. Y me reí a sus espaldas. Señor, perdóname, me reí de él. ¿Qué clase de banco de arena es éste? —se interrumpió para preguntarle a McCoy.

—No lo sé, capitán.

—¿Y por qué no lo sabe?

—Porque nunca lo había visto antes, y porque nunca he oído hablar de él. Sé que no aparece en las cartas de navegación. Estas aguas nunca han sido inspeccionadas a fondo.

—Entonces ¿no sabe donde estamos?

—No más que usted —dijo McCoy amablemente.

A las cuatro de la tarde avistaron unos cocoteros, aparentemente salían del agua. Un poco más tarde, las tierras bajas de un atolón sobresalieron del mar.

—Sé dónde estamos, capitán —McCoy se apartó las gafas de los ojos—. Ésa es la isla Resolución. Estamos a unas cuarenta millas más allá de la isla de Hao, y tenemos el viento en los dientes.

—Prepárense para llegar a la playa. ¿Dónde está la entrada?

—Sólo hay un paso para canoas. Pero ahora que sabemos dónde estamos, podemos dirigirnos a Barclay de Tolley. Está a sólo ciento veinte millas de aquí, hacia el nornoroeste. Con esta brisa podemos estar allí a las nueve de la mañana.

El capitán Davenport consultó la carta de navegación y dudó.

—Si hundimos el barco aquí —añadió McCoy—, tendremos que llegar igualmente a Barclay de Tolley en los botes.

El capitán dio las órdenes oportunas y una vez más el *Pyrenees* inició otra travesía por el inhóspito mar.

Y a media tarde del día siguiente, sintió desesperación y amotinamiento en la humeante cubierta. La corriente se había acelerado, el viento había amainado y el *Pyrenees* se desviaba hacia el oeste. El vigía avistó Barclay de Tolley hacia el este, apenas visible desde lo alto del mástil, y el *Pyrenees* intentó en vano durante varias horas tocar sus costas. Como si fuera un espejismo, los cocoteros seguían flotando en el horizonte, visibles sólo desde lo alto del mástil. Desde cubierta estaban ocultos por la curvatura del mundo.

De nuevo el capitán Davenport consultó a McCoy y la carta de navegación. Makemo se encontraba a setenta y cinco millas al suroeste. Su laguna era de treinta millas de largo y tenía una excelente entrada. Cuando el capitán Davenport impartió sus órdenes, la tripulación se negó a obedecer. Anunciaron que estaban hartos de aquel infierno bajo sus pies. Allí había tierra. ¿Qué importaba que el barco no pudiera llegar hasta allí? Podrían hacerlo en los botes. Así que podían dejar que el barco se quemara. Sus vidas les importaban mucho más. Habían servido fielmente al barco, y ahora iban a servirse a sí mismos.

Saltaron a los botes, apartando al segundo y al tercer oficial de su camino, y procedieron a soltar los botes y prepararse para arriarlos. El capitán Davenport y el primer oficial, revólver en mano, estaban avanzado hacia el castillo de popa, cuando McCoy, que se había subido a lo alto de la cabina, empezó a hablar.

Les habló a los marineros, y al sonar su arrulladora voz de paloma se detuvieron a escucharle. Les transmitió su propia inefable serenidad y paz. Su voz suave y sus sencillos pensamientos volaron hacia ellos en una corriente mágica, tranquilizándolos contra sus deseos. Cosas largo tiempo olvidadas volvieron a sus mentes, y algunos recordaron canciones de cuna de su infancia y la alegría y descanso de los brazos de una madre al final del día. Ya no había problemas, ni peligro, ni molestias, en el mundo entero. Todo era tal y como debía ser, y sólo era obvio que darían la espalda a la tierra y se echarían de nuevo a la mar con aquel fuego del infierno bajo sus pies.

McCoy habló con sencillez; pero lo que importaba no era lo que decía. Su personalidad hablaba más elocuentemente que cualquier palabra que pudiera pronunciar. Fue una alquimia del alma producida por un ocultismo sutil y profundamente intenso —una misteriosa emanación del espíritu, seductora, dulcemente humilde y terriblemente imperiosa. Fue una iluminación en la oscura cripta de sus almas, una compulsión de pureza y amabilidad mucho más grande que aquella que producían los brillantes revólveres evocadores de muerte de los oficiales.

Los hombres dudaron a regañadientes donde se encontraban, y aquellos que habían soltado los cabos los volvieron a atar rápidamente. Entonces, uno, y luego otro, y finalmente todos se desperdigaron algo contritos.

El rostro de McCoy resplandecía con un placer infantil cuando descendió desde lo alto de la cabina. Los problemas se habían acabado. En verdad no hubo ni que aplacarlos. No hubo el menor problema, ya que no había cabida para ello en el maravilloso mundo en que él vivía.

—Los ha hipnotizado —le sonrió el señor Konig, hablando en voz baja.

—Son buenos chicos —fue su contestación—. Su corazón es bueno. Lo han pasado muy mal y han trabajado duro, y trabajarán duro hasta el final.

El señor Konig no tuvo tiempo de contestar. Su voz impartía órdenes, los marineros se apresuraban a obedecer, y el *Pyrenees* remontaba lentamente el viento hasta que su proa apuntó en dirección a Makemo.

El viento era muy flojo y tras la caída del sol casi cesó.

Hacía un calor insoportable, y de proa a popa los hombres intentaban dormir en vano. La cubierta estaba demasiado caliente para tumbarse, y los vapores venenosos que rezumaban por las junturas, se elevaban como espíritus demoníacos por encima del barco, introduciéndose en la nariz y la garganta de los incautos y provocando accesos de tos y estornudos. Las estrellas parpadeaban perezosamente en la oscura bóveda sobre sus cabezas; y la luna llena, que despuntaba al este, bañaba con su luz las miríadas de espirales, hilos y finas capas de humo que se entrelazaban, retorcían y serpenteaban por la cubierta, sobre la borda y alrededor de los mástiles y los obenques.

—Dígame —dijo el capitán Davenport, frotándose los ojos escocidos—, ¿qué le ocurrió a la gente del *Bounty* tras llegar a Pitcairn? El relato que he leído dice que quemaron el *Bounty* y que no los descubrieron hasta muchos años después. ¿Pero qué ocurrió mientras tanto? Siempre he sentido curiosidad por saberlo. Eran hombres que tenían la soga al cuello. También había algunos nativos. Y luego había mujeres. Eso tuvo que crear problemas desde el principio.

—Hubo problemas —contestó McCoy—. Eran hombres malos. Enseguida se pelearon por las mujeres. Uno de los amotinados, Williams, perdió a su mujer. Todas las mujeres eran tahitianas. Su mujer cayó desde los acantilados cuando cazaba aves marinas. Entonces cogió a la esposa de un nativo. Los nativos se enfadaron mucho, y mataron a casi todos los amotinados. Entonces los amotinados que escaparon mataron a casi todos los nativos. Las mujeres les ayudaron. Y los nativos que quedaron se mataron los unos a los otros. Todos se mataban entre sí. Eran hombres terribles.

»Timiti fue asesinado por otros dos nativos cuando éstos le peinaban como gesto de amistad. Los blancos les mandaron hacerlo. Luego los blancos los mataron a ellos. La mujer de Tullaloo lo mató en una cueva porque quería a un hombre blanco por esposo. Eran muy malvados. Dios les había ocultado Su rostro. Al cabo de dos años todos los nativos habían sido asesinados, así como los hombres blancos excepto cuatro. Éstos eran Young, John Adams, McCoy, que era mi bisabuelo, y Quintal. También era un hombre muy malo. Una vez, sólo porque su mujer no pescó suficientes peces para él, le arrancó la oreja.

—¡Sí que eran mala gente! —exclamó el señor Konig.

—Sí, eran muy malos —asintió McCoy y prosiguió serenamente con su arrullo el relato de la sangre y lujuria de su malvado antepasado—. Mi bisabuelo escapó al asesinato para morir por su propia mano. Construyó un alambique y fabricó alcohol a partir de las raíces de la planta ti. Quintal era su compinche y siempre estaban borrachos. Al final McCoy sufrió de *delirium tremens*, se ató una roca al cuello y saltó al mar.

La mujer de Quintal, a la que había arrancado una oreja, también murió al caer por los acantilados. Entonces Quintal le exigió a Young que le entregara a su mujer, y lo mismo hizo con Adams. Sabían que los mataría. Así que le mataron, los dos juntos, con un hacha. Luego murió Young. Y ya no tuvieron más problemas.

—No me extraña —resopló el capitán Davenport—. No quedaba nadie a quien matar.

—Como ve, Dios les había ocultado Su rostro —dijo McCoy.

Por la mañana no soplaba más que un viento flojo desde el este e, incapaz de dirigirse hacia el sur, el capitán Davenport se puso a toda vela a babor. Temía aquella terrible corriente del oeste que tantas veces le había alejado de los puertos donde refugiarse. La calma se mantuvo durante todo el día y toda la noche, mientras los marineros refunfuñaban por su escasa ración de plátano seco. Además, se estaban debilitando y se quejaban de dolor de estómago por la estricta dieta de plátano. Durante todo el día la corriente arrastró al *Pyrenees* hacia el oeste, mientras seguía sin haber viento para llevarlos hacia el sur. A mitad de la primera guardia, avistaron unos cocoteros directamente hacia el sur, sus copas se elevaban por encima del agua marcando el lugar de un atolón bajo.

—Ésa es la isla de Taenga —dijo McCoy—. Necesitamos que esta noche haya brisa o si no pasaremos de largo Makemo.

—¿Qué ha sido del viento de sureste? —preguntó el capitán—. ¿Por qué no sopla? ¿Qué pasa?

—Es por la evaporación de las grandes lagunas... hay muchas —explicó McCoy—. La evaporación altera todo el sistema de vientos. Incluso puede hacer que el viento se retire y soplen vendavales desde el suroeste. Éste es el archipiélago Peligroso, capitán.

El capitán Davenport miró al anciano, abrió la boca e iba a soltar una maldición, pero se contuvo. La presencia de McCoy era un freno a las blasfemias que se encendían en su cerebro y temblaban en su laringe. La influencia de McCoy se había hecho más fuerte durante los días que habían pasado juntos. El capitán Davenport era un autócrata del mar, no temía a hombre alguno, nunca se mordía la lengua, y ahora se veía incapaz de soltar una maldición en presencia de aquel anciano con sus femeninos ojos marrones y voz de paloma. Cuando se dio cuenta de esto, el capitán Davenport experimentó una conmoción. Este anciano era simplemente la semilla de McCoy, el McCoy del

Bounty, el amotinado que había huido de la soga que le esperaba en Inglaterra, el McCoy que fue una fuerza del mal en los primeros días de sangre, lujuria y muerte violenta en la isla de Pitcairn.

El capitán Davenport no era religioso, aunque en aquel momento sintió el loco impulso de tirarse a sus pies... y decirle no sabía el qué. Era una emoción que nacía fuerte en su interior, más allá de un pensamiento coherente, y era consciente de una manera vaga de su indignidad y pequeñez en presencia de aquel hombre que poseía la simplicidad de un niño y la dulzura de una mujer.

Claro que no podía humillarse ante la mirada de sus oficiales y tripulación. Y sin embargo la ira que le había impulsado a blasfemar aún ardía en su interior. De repente golpeó la cabina con el puño cerrado y gritó:

—Mire, amigo, no me vencerán. Estas Paumoto me han engañado, se han burlado de mí y me han dejado en ridículo. Me niego a que me venzan. Voy a llevar este barco y atravesar las Paumoto hasta China si es preciso para encontrar donde fondearlo. Si todos los demás desertan, me quedaré sólo. Yo le enseñaré lo que vale un peine a las Paumoto. No se reirán de mí. Éste es un buen barco y aquí me quedaré mientras haya un tablón sobre el que mantenerme. ¿Me oye?

—Y yo me quedaré con usted, capitán —dijo McCoy.

Durante la noche, sopló un viento leve y desconcertante desde el sur, y el frenético capitán, con su buque en llamas, vigiló y estimó la deriva hacia el oeste, y de vez en cuando se aislaba y soltaba una maldición para que McCoy no pudiera oírle.

Con la luz del día vieron más palmeras elevarse sobre el agua hacia el sur.

—Ése es el extremo de sotavento de Makemo —dijo

McCoy—. Katiu está sólo a unas cuantas millas hacia el oeste. Quizás lleguemos allí.

Pero la corriente, que los aspiraba entre las dos islas, los llevó hacia el noroeste, y a la una de la tarde vieron las palmeras de Katiu elevarse sobre el mar y volverse a hundir de nuevo.

Unos minutos después, justo cuando el capitán había descubierto que una nueva corriente del noreste había atrapado el *Pyrenees*, el vigía del mástil avistó cocoteros al noroeste.

—Eso es Raraka —dijo McCoy—. No podremos llegar sin viento. La corriente nos lleva hacia el suroeste. Pero debemos estar atentos. Unas millas más adelante hay una corriente que va hacia el norte y luego gira hacia el noroeste. Ésta nos apartará de Fakarava, y Fakarava es el lugar que necesitamos.

—Pueden arrastrarnos cuanto les plazca —declaró el capitán Davenport con vehemencia—. De todas formas encontraremos un lecho par el barco.

Pero la situación del *Pyrenees* estaba llegando a su punto culminante. La cubierta estaba tan caliente que parecía que si la temperatura subía unos cuantos grados más ardería en llamas. En algunos lugares, incluso los zapatos de suela reforzada de los marineros no servían de protección, y se veían obligados a ir a paso rápido para evitar chamuscarse los pies. El humo era más denso y se había vuelto más acre. Todos los hombres a bordo sufrían de inflamación en los ojos y tosían y se asfixiaban como una tripulación de tuberculosos. Por la tarde prepararon los botes y los equiparon. Los últimos paquetes de plátanos secos fueron colocados en su interior, así como los instrumentos de los oficiales. El capitán Davenport colocó incluso el sextante en el más grande, por temor a que la cubierta explotara en cualquier momento.

Durante toda la noche esta aprensión pesó sobre ellos, y con las primeras luces del alba se miraron los unos a los otros, con los ojos hundidos y el rostro pálido como la cera, como si les sorprendiera que el *Pyrenees* siguiera de una pieza y ellos continuaron vivos.

Por momentos andando rápido, e incluso a veces a saltitos de forma muy poco digna, el capitán Davenport inspeccionó la cubierta de su barco.

—Sólo es cuestión de horas, si no de minutos —anunció al volver a popa.

El vigía gritó «Tierra a la vista». Desde cubierta no se podía ver, y McCoy subió al mástil, mientras el capitán Davenport aprovechaba la ocasión para soltar entre maldiciones un poco de la amargura que albergaba su corazón. Pero las blasfemias se detuvieron de repente al avistar una línea oscura sobre el agua al noreste. No se trataba de una ráfaga, sino de una brisa regular... los alisios hasta entonces ausentes, con una desviación de ocho puntos, pero de nuevo cumpliendo con su cometido.

—Remonte el barco, capitán —dijo McCoy en cuanto llegó a popa—. Ése es el extremo este de Fakarava, y penetraremos por el paso a toda vela, con el viento al través y todas las velas desplegadas.

Al cabo de una hora, los cocoteros y la tierra eran visibles desde cubierta. La sensación de que el final de la resistencia del *Pyrenees* era inminente pesaba sobre todo el mundo. El capitán Davenport hizo que arriaran los tres botes y los soltaran a popa, con un hombre en cada uno para mantenerlos sujetos. El *Pyrenees* bordeaba la costa de cerca, con el atolón blanqueado por la espuma a dos cables de distancia.

—Prepárese para virar en redondo, capitán —avisó McCoy.

Y un minuto después se abrió la tierra, dejando a descubierto un estrecho paso y la laguna detrás, como un gran espejo de treinta millas de largo y un tercio de ancho.

—Ahora, capitán.

Por última vez las vergas del *Pyrenees* se balancearon mientras obedecía al timón y entraba por el paso. Apenas se había efectuado el viraje, sin problemas, cuando los hombres y los oficiales huyeron hacia popa aterrorizados. No había ocurrido nada, aunque afirmaron que algo iba a ocurrir. No podían decir por qué lo sabían. Simplemente sabían que estaba a punto de ocurrir. McCoy se dispuso a avanzar para tomar posición en la proa y dirigir la entrada del navío; pero el capitán le agarró por el brazo y le hizo girarse.

—Hágalo desde aquí —dijo—. La cubierta no es segura. ¿Qué ocurre? —preguntó acto seguido—. No nos movemos.

McCoy sonrió.

—Estamos chocando contra una corriente de siete nudos, capitán —dijo—. Así es cómo el reflujo sale por el paso.

Al cabo de otra hora el *Pyrenees* apenas había avanzado su propia eslora, pero el viento arreció y empezó a avanzar.

—Será mejor que algunos de ustedes suban a los botes —ordenó el capitán Davenport.

Aún sonaba su voz y los hombres justo habían empezado a moverse obedientemente, cuando la parte central de la cubierta del *Pyrenees* voló, en una masa de llamas y humo, hacia las velas y las jarcias donde quedó parte de ella, el resto cayó al mar. Al ser el viento de través, salvó a los hombres agrupados a popa. Se abalanzaron ciegamente hacia los botes, pero la voz de McCoy, llevando su convincente mensaje de profundo sosiego y sin apresuramientos, los detuvo.

—Tranquilos —fueron sus palabras—. Todo está bien. Por favor, que alguien ayude a ese muchacho.

El timonel había abandonado su puesto muerto de miedo, y el capitán Davenport saltó y agarró las cabillas del timón a tiempo de prevenir que el barco virara por la corriente y chocara contra tierra.

—Será mejor que se encargue de los botes —le dijo al señor Konig—. Mantenga uno cerca, justo bajo la cabina... Cuando zozobre, saltaré.

El señor Konig dudó, luego saltó la borda y bajó al bote.

—Apártelo medio grado, capitán.

El capitán Davenport se sobresaltó. Pensaba que estaba solo en le barco.

—Vale, vale; medio grado —contestó.

La crujía del *Pyrenees* era un horno abierto y en llamas, de la que brotaba una inmensa columna de humo que se elevaba por encima de los mástiles y ocultaba completamente la parte de atrás del barco. McCoy, bajo la protección de los obenques de mesana, seguía con su difícil tarea de dirigir el barco por el intricado canal. El fuego avanzaba hacia proa por la cubierta desde el lugar de la explosión, mientras el ondeante velamen del palo mayor ardía y se desvanecía en una llamarada. Hacia delante, aunque no pudieran verlo, sabían que las velas del trinquete seguían tensas.

—Espero que no se queme todo el velamen antes de que nos adentremos —gruñó el capitán.

—Lo conseguirá —le aseguró McCoy con su suprema confianza—. Queda mucho tiempo. Tiene que hacerlo. Y una vez dentro, lo pondremos de cara al viento, así el humo no nos alcanzará e impediremos que el fuego siga hacia la proa.

Una llamarada subió por el palo de mesana, buscó hambrienta los últimos despojos del velamen, falló y se desvaneció. Desde lo alto, un trozo de cabo cayó directamente sobre la nuca del capitán Davenport. Actuó con la celeridad de alguien picado por una abeja, alargó la mano y sacudió el molesto fuego de su piel.

—¿Cuál es el rumbo, capitán?

—Noroeste por oeste.

—Manténgalo oeste-noroeste.

El capitán Davenport giró el timón y lo mantuvo firme.

—Oeste por norte, capitán.

—Al oeste por norte está.

—Y ahora oeste.

Despacio, punto por punto, mientras entraba en la laguna, el *Pyrenees* describió un círculo que lo puso de cara el viento; y punto por punto, con toda la tranquila certidumbre de un millar de años, McCoy coreó los cambios de rumbo.

—Otro punto, capitán.

—Otro punto va.

El capitán Davenport giró varias cabillas, para luego recobrar una a modo de comprobación.

—Rumbo firme.

—Firme va... directo.

A pesar de que ahora el viento venía de proa, el calor era tan intenso que el capitán Davenport se vio obligado a mirar de refilón la bitácora, soltando el timón, ya con una mano o la otra, para restregarse o protegerse las mejillas abrasadas. La barba de McCoy se estaba arrugando y marchitando, y su fuerte olor, al llegar directamente al otro, le obligó a mirar hacia McCoy con repentina solicitud. El capitán Davenport soltaba alternativamente una mano y la otra de las cabillas para restregárselas ardiendo contra el pantalón. Todas las velas de mesana se desvanecieron en una llamarada, obligando a ambos hombres a agacharse y protegerse la cara.

—Ahora —dijo McCoy dirigiendo la mirada hacia la costa baja—, cuatro puntos, capitán, y déjelo seguir.

A su alrededor y encima de ellos, caían trozos y trizas de cabos y velamen. El humo alquitranado de un pedazo de cabo en llamas que cayó a los pies del capitán le provocó un violento ataque de tos, durante el cual siguió agarrado a las cabillas.

El *Pyrenees* chocó, su proa se elevó y chirrió suavemente hasta detenerse. Una lluvia de fragmentos en llamas, arrancados por el choque, cayó a su alrededor. El barco volvió a moverse hacia delante y sonó un nuevo golpe. Machacó el frágil coral con su quilla, siguió adelante y sonó un tercer golpe.

—Ha encallado —dijo McCoy—. ¿Ha embarrancado? —preguntó suavemente, un minuto después.

—No responde —fue la respuesta.

—Muy bien. Se balancea. —McCoy miró por un lado con esfuerzo—. Arena blanca, suave. No podíamos pedir nada mejor. Un hermoso lecho.

Al apartarse la popa del *Pyrenees* del viento, hubo una espantosa explosión de humo y llamas. El capitán Davenport abandonó el timón, dolorido por las quemaduras. Alcanzó la amarra del bote que esperaba justo debajo de la cabina, luego buscó a McCoy que estaba a su lado para permitirle bajar.

—Usted primero —gritó el capitán, agarrándole por el hombro y casi tirándolo por encima de la borda. Pero las llamas y el humo eran terribles, y le siguió de inmediato; ambos hombres se deslizaron juntos por el cabo hasta el bote. Un marinero que se encontraba a popa del bote cortó la amarra con su navaja sin esperar a que se lo ordenasen. Los remos, preparados en su sitio, se hundieron en el agua y el bote se alejó.

—Un hermoso lecho, capitán —murmuró McCoy, mirando hacia atrás.

—Ya, un hermoso lecho, y se lo agradezco mucho —contestó.

Los tres botes avanzaron hacia la blanca playa coralina, tras la cual, al borde de una arboleda de cocoteros, se podía ver media docena de cabañas, y una veintena o más de nativos excitados, mirando con los ojos muy abiertos hacia la conflagración que había llegado a sus lares.

Los botes tocaron tierra y saltaron a la playa blanca.

—Y ahora —dijo McCoy—, tengo que pensar en cómo volver a Pitcairn.

2
LA CASA DE MAPUHI

A pesar de la tosquedad de sus líneas, la *Aorai* respondía con facilidad con la ligera brisa y su capitán la condujo con desenvoltura hasta maniobrar para quedar justo fuera de la resaca de las olas. El atolón de Hikueru sobresale poco del agua, es un círculo de arena coralina de un centenar de yardas de ancho, veinte millas de circunferencia y que se eleva entre tres y cinco pies del nivel del agua. En el fondo de la enorme laguna cristalina había mucha madreperla, y desde la cubierta de la goleta, tras el fino anillo del atolón, se podía ver a los buceadores trabajar. Pero la laguna no tenía entrada ni siquiera para una goleta comercial. Con brisa favorable los cúters podían penetrar en ella a través de un canal tortuoso y poco profundo, pero las goletas debían permanecer fuera y enviar sus pequeños botes.

La *Aorai* dejó caer elegantemente un bote, en el que iban media docena de marineros de piel morena vestidos únicamente con un taparrabos escarlata. Cogieron los remos, mientras en la zona de popa, al timón, se encontraba un joven con la vestimenta blanca que caracteriza a los europeos. Pero no era europeo. La tendencia al dorado de la Polinesia se traicionaba a sí misma en el brillo de sol de su blanca piel y arrojaba reflejos y luces doradas en el tenue azul de sus ojos. Era Raoul, Alexandre Raoul, el hijo menor de Marie Raoul, rica mestiza que poseía y controlaba media docena de goletas comerciales similares a la

Aorai. Tras un remolino justo fuera de la entrada, y a través de una porción de corriente enfurecida, el bote se abrió camino hacia la calma de espejo de la laguna. El joven Raoul saltó sobre la blanca arena y estrechó la mano de un alto nativo. Los hombros y el pecho del hombre eran magníficos, pero el muñón del brazo derecho, de cuya carne un hueso blanqueado por el tiempo sobresalía varias pulgadas, era testimonio del encuentro con un tiburón que había puesto punto y final a sus días de buceo y lo había convertido en un adulador y un intrigante a cambio pequeños favores.

—¿Has oído eso, Alec? —fueron sus primeras palabras—. Mapuhi ha encontrado una perla... una gran perla. Nunca se ha pescado una como esa en Hikueru, ni en todas las Paumoto, ni en el mundo entero. Cómprasela. Ahora la tiene él. Y recuerda que yo te lo dije primero. Él es un tonto y la puedes comprar barata. ¿Tienes tabaco?

Raoul se encaminó directamente a una choza bajo un pandano. Era el sobrecargo de su madre y se ocupaba de recorrer todas las Paumoto en busca de riquezas como copra, conchas y perlas que allí se producían.

Era un sobrecargo joven, era su segundo viaje con esta función, y soportaba en secreto la preocupación de su falta de experiencia en valorar las perlas. Pero cuando Mapuhi expuso la perla ante sus ojos consiguió ocultar el susto que le dio y mantener una expresión despreocupada y comercial en su rostro. Ya que la perla le había dado un buen golpe. Era tan ancha como un huevo de paloma, una esfera perfecta, de una blancura que despedía opalescentes destellos de todos los colores a su alrededor. Estaba viva. Nunca había visto nada parecido. Cuando Mapuhi la puso en su mano, le sorprendió su peso. Aquello demostraba que era una buena perla. La examinó de cerca, a través de una lente de aumento de bolsillo. No tenía ningún defecto ni imperfección. Su pureza parecía casi fundirse en la atmósfera fuera de su mano. En la sombra era suavemente luminosa, resplandeciente como la luna llena. Era de un blanco tan traslúcido que cuando la metió en un vaso de agua le costó encontrarla. Se había hundido tan directa y rápidamente que supo que su peso era excelente.

—Bueno, ¿cuánto quieres por ella? —preguntó con supuesta indolencia.

—Quiero...—empezó a decir Mapuhi, y tras él, enmarcando su propio rostro oscuro, los oscuros rostros de dos mujeres y una chica mostraron con un gesto su coincidencia respecto a lo que pedía. Sus cabezas estaban inclinadas hacia delante, las animaba una impaciencia contenida, sus ojos resplandecían de avaricia.

—Quiero una casa —prosiguió Mapuhi—. Tiene que tener un techo de hierro galvanizado y un gran reloj de péndulo octogonal. Tiene que ser de seis brazas de largo y tener un porche todo alrededor. En el centro tiene que haber una gran habitación, con una mesa redonda en el medio y el reloj de péndulo en la pared. Tendrá cuatro dormitorios, dos a cada lado de la gran habitación, y en cada dormitorio habrá una cama de hierro, dos sillas y un lavamanos. Y detrás de la casa tiene que haber una cocina, una buena cocina, con ollas, sartenes y un fogón. Y tiene que construir la casa en mi isla, que es Fakarava.

—¿Eso es todo? —preguntó Raoul incrédulamente.

—Tiene que haber una máquina de coser —dijo Tefara, la mujer de Mapuhi.

—No se olvide del reloj de péndulo octogonal —añadió Nauri, la madre de Mapuhi.

—Sí, eso es todo —dijo Mapuhi.

El joven Raoul se rió. Se rió de todo corazón durante un buen rato. Pero mientras se reía ejecutaba mentalmente cálculos de aritmética. No había construido una casa en su vida y sus nociones en cuanto a la construcción de viviendas eran vagas. Mientras se reía. Calculó el coste del viaje a Tahiti a por materiales, de los materiales mismos, del viaje de vuelta a Fakarava y el coste de desembarcar los materiales y construir la casa. Sumaría unos cuatro mil dólares franceses, dejando un margen de seguridad —cuatro mil dólares franceses eran el equivalente de veinte mil francos. Era imposible. ¿Cómo podía saber él el valor de una perla como aquella? Veinte mil francos era mucho dinero... y dinero de su madre.

—Mapuhi —dijo—, eres un perfecto imbécil. Dime un precio en dinero.

Pero Mapuhi negó con la cabeza, y las tres cabezas detrás de él también negaron.

—Quiero la casa —dijo—. Tiene que tener seis brazas de largo con un porche alrededor...

—Sí, sí —le interrumpió Raoul—. Ya sé todo lo de tu casa, pero no funciona así. Te daré mil dólares chilenos.

Las cuatro cabezas negaron a coro en silencio.

—Y cien dólares chilenos en mercancías.

—Quiero la casa —repitió Mapuhi.

—¿De qué te servirá la casa? —preguntó Raoul—. El primer huracán que llegué a la isla la destruirá. Deberías saberlo. El capitán Raffy dice que parece que va a haber un huracán justo ahora.

—No en Fakarava —dijo Mapuhi—. Allí la tierra es más alta. En esta isla, sí. Cualquier huracán puede barrer Hikueru. Tendré la casa en Fakarava. Tiene que tener seis brazas de largo y un porche alrededor...

Y Raoul volvió a escuchar la historia de la casa. Durante varias horas se esforzó por sacar su obsesión por la casa de la mente de Mapuhi; pero la madre y la esposa de Mapuhi, y Ngakura, su hija, le reforzaban en su determinación por obtener la casa. Por la puerta abierta, cuando escuchaba por vigésima vez la descripción detallada de la casa que querían, Raoul vio el segundo bote de su goleta llegar a la playa. Los marineros se mantuvieron en sus remos, al ver que no había razón para precipitarse. El primer oficial de la *Aorai* saltó a tierra, intercambió unas palabras con el nativo de un solo brazo, y luego corrió en busca de Raoul. De repente el día se oscureció, ya que una borrasca ocultó el sol. Tras la laguna Raoul podía ver acercarse la siniestra línea del golpe de viento.

—El capitán Raffy dice que tiene que salir de aquí a toda prisa —fue el saludo del oficial—. Si hay alguna perla, tendremos que arriesgarnos a venir a por ella más tarde... eso es lo que dice. El barómetro ha bajado a veintinueve setenta.

La ráfaga de viento golpeó el pandano sobre sus cabezas y siguió más allá entre las palmeras, haciendo volar media docena de cocos maduros con un ruido seco hasta el suelo. Luego llegó la lluvia a lo lejos, avanzando con el rugido de un temporal de viento y haciendo que el agua de la laguna se levantara en hileras. El repiqueteo de las primeras gotas sonaba sobre las hojas cuando Raoul se puso en pie.

—Mil dólares chilenos, al contado, Mapuhi —dijo—. Y doscientos dólares chilenos en mercancías.

—Quiero una casa... —empezó a decir el otro.

—¡Mapuhi! —gritó Raoul para que le oyeran—. ¡Eres un tonto!

Salió corriendo de la casa y, junto al oficial, recorrió el camino a la playa hacia el bote. No podían ver el bote. La lluvia tropical lo envolvía todo a su alrededor de tal modo que sólo podían ver la playa bajo sus pies y las olas pequeñas pero malévolas de la laguna que rompían y mordían sobre la arena. Una figura apareció entre el diluvio. Era Huru-Huru, el hombre con un solo brazo.

—¿Has conseguido la perla? —le gritó a Raoul al oído.

—¡Mapuhi es un tonto! —le contestó a voz en grito y al instante siguiente se perdieron de vista entre los chorros de agua.

Media hora después, Huru-Huru, vigilando desde el lado del atolón que daba al mar, vio que izaban los dos botes y la *Aorai* enfilaba mar adentro. Y a su lado, llevada por las olas de la borrasca, vio otra goleta ponerse al pairo y botar un bote al agua. La conocía. Era la *Orohena*, perteneciente a Toriki, el comerciante mestizo, que ocupaba él mismo el puesto de sobrecargo y que sin duda iba en la parte de popa del bote incluso en ese momento. Huru-Huru se rió entre dientes. Sabía que Mapuhi le debía a Toriki unas mercancías que éste le había adelantado el año anterior.

La borrasca pasó. El sol abrasador brillaba y la laguna era de nuevo como un espejo. Pero el aire era pegajoso como mucílago, y su peso parecía cargar los pulmones y dificultaba la respiración.

—¿Has oído las novedades, Toriki? —preguntó Huru-Huru—. Mapuhi ha encontrado une perla. Nunca se ha pescado una perla como esa en Hikueru, ni en ningún otro sitio de las Paumoto, ni en el mundo entero. Mapuhi es un tonto. Además, te debe dinero. Recuerda que yo te lo dije primero. ¿Tienes tabaco?

Y Toriki fue a la cabaña de Mapuhi. Era un hombre autoritario, además de bastante estúpido. Miró despreocupadamente la maravillosa perla —sólo la miró un instante; y despreocupadamente se la metió en el bolsillo.

—Tienes suerte —dijo—. Es una bonita perla. Te concederé crédito en mis libros.

—Quiero una casa —empezó a decir Mapuhi, consternado—. Tiene que tener seis brazas...

—¡Qué seis brazas ni seis nada! —replicó el comerciante—. Quieres pagar tus deudas, eso es lo que quieres. Me debes mil doscientos dólares chilenos. Muy bien; ya no los debes. La deuda está saldada. Además, te concederé crédito por doscientos dólares chilenos. Si, cuando vaya a Tahiti, la perla se vende bien, te concederé crédito por otros cien... eso hace trescientos. Pero recuerda, sólo si la perla se vende bien. Quizás incluso pierda dinero con ella.

Mapuhi se cruzó de brazos apenado y se sentó con la cabeza inclinada. Le habían robado su perla. En lugar de una casa, había pagado una deuda. No había nada que mostrar en lugar de la perla.

—Eres un tonto —dijo Tefara.

—Eres un tonto —dijo Nauri, su madre—. ¿Por qué dejaste la perla en sus manos?

—¿Y qué podía hacer? —protestó Mapuhi—. Le debía el dinero. Sabía que tenía la perla. Tú misma le oíste preguntar por ella. Yo no se lo dije. Lo sabía. Alguien se lo dijo. Y le debía dinero.

—Mapuhi es un tonto —se burló Ngakura.

Tenía doce años y no conocía nada mejor. Mapuhi alivió sus sentimientos haciendo que se tambaleara de un bofeton en la oreja; mientras Tefara y Nauri se echaban a llorar y seguían censurándolo a la manera de las mujeres.

Huru-Huru, observando desde la playa, vio una tercera goleta que sabía se pondría al pairo ante la entrada y botaría un bote. Era la *Hira*, nombre afortunado, ya que era propiedad de Levy, el judío alemán, el mayor comprador de perlas de todos, y, como es bien sabido, Hira era el dios tahitiano de los pescadores y los ladrones.

—¿Has oído las novedades? —preguntó Huru-Huru, mientras Levy, un hombre gordo de gruesos rasgos asimétricos, bajaba a la playa—. Mapuhi ha encontrado una perla. Nunca ha habido una perla como esa en Hikueru, ni en todas las Paumoto, ni en el mundo entero. Mapuhi es un tonto. Se la ha vendido a Toriki por mil cuatrocientos dólares chilenos... yo estaba fuera y lo oí. Toriki es igualmente un tonto. Puedes comprársela barata. Recuerda que yo te lo dije primero. ¿Tienes tabaco?

—¿Dónde está Toriki?

—En la casa del capitán Lynch, bebiendo absenta. Lleva allí una hora.

Y mientras Levy y Toriki bebían absenta y negociaban la perla, Huru-Huru escuchaba y oyó el estupendo precio de veinticinco mil francos que acordaron.

En ese momento la *Orohena* y la *Hira*, que bogaban cerca de la costa, empezaron a disparar y a hacer señales frenéticamente. Los tres hombres estaban en pie afuera a tiempo para ver las dos goletas apresurarse a alejarse, izando las velas de mayor y los foques a toda prisa al sentir la borrasca que los arrastró a lo lejos sobre el agua blanca. Luego la lluvia las transformó en una mancha.

—Volverán cuando haya pasado —dijo Toriki—. Será mejor que salgamos de aquí.

—Calculo que la presión ha caído un poco más —dijo el capitán Lynch.

Era un hombre de blanca barba, demasiado viejo para el servicio, y que había aprendido que la única manera de vivir confortablemente con el asma que padecía era en Hikueru. Entró en la casa para mirar el barómetro.

—¡Dios Santo! —le oyeron exclamar y se apresuraron a reunirse con él y mirar el cuadrante, que marcaba 29.20.

Salieron de nuevo, está vez para consultar el mar y el cielo. La borrasca había desaparecido, pero el cielo seguía nublado. Las dos goletas, a toda vela y junto a una tercera, podían verse volviendo. Un giro en la dirección del viento les indujo a lascar las velas, y cinco minutos después otro repentino cambio del viento desde el lado opuesto cogió a las tres goletas por sorpresa, y los que estaban en tierra pudieron ver los aparejos de la botavara aflojarse y soltarse por el salto. El ruido de las olas era fuerte, apagado y amenazante, y se estaba formando un fuerte oleaje. Un terrible haz de luz ardió ante sus ojos, iluminando el oscuro día, y el trueno rodó salvajemente a su alrededor.

Toriki y Levy echaron a correr hacia sus botes, este último deambulando como un hipopótamo presa del pánico. Cuando sus dos botes salieron por el paso, se cruzaron con el de la *Aorai* entrando. A popa, animando a los remeros, estaba Raoul. Incapaz de quitarse la visión de la perla de la cabeza, volvía para aceptar el precio de una casa pedido por Mapuhi.

Desembarcó en la playa en medio de una tormenta de truenos que era tan densa que colisionó con Huru-Huru antes de verlo.

—Demasiado tarde —gritó Huru-Huru—. Mapuhi se la ha vendido a Toriki por mil cuatrocientos dólares chilenos, y Toriki se la ha vendido a Levy por veinticinco mil francos. Y Levy la venderá en Francia por cien mil francos. ¿Tienes tabaco?

Raoul se sintió aliviado. Sus problemas respecto a la perla habían acabado. Ya no tenía por qué preocuparse más, aunque no tuviera la perla. Pero no creyó a Huru-

Huru. Podía ser que Mapuhi la hubiera vendido por mil cuatrocientos dólares chilenos, pero que Levy, que sabía de perlas, hubiera pagado veinticinco mil francos era demasiado. Raoul decidió hablar con el capitán Lynch sobre el asunto, pero cuando llegó a la casa del antiguo capitán, se lo encontró mirando con los ojos muy abiertos el barómetro.

—¿Qué lees tú? —preguntó el capitán Lynch ansiosamente, frotando sus gafas y observando de nuevo el instrumento.

—29.10 —dijo Raoul—. Nunca lo había visto tan bajo.

—¡Eso digo yo! —bramó el capitán—. Cincuenta años recorriendo los mares y nunca lo he visto llegar tan abajo. ¡Escucha!

Estuvieron atentos un momento, mientras las olas retumbaban y sacudían la casa. Luego salieron fuera. La borrasca había pasado. Podían ver a la *Aorai* encalmada a una milla, cabeceando y bamboleándose locamente en las tremendas olas que rodaban en majestuosa procesión desde el noreste y se arrojaban furiosamente sobre la costa de coral. Uno de los marineros del bote señaló la boca del paso y agitó la cabeza. Raoul miró hacía allí y vio una blanca anarquía de espuma y oleadas.

—Supongo que me quedaré con usted esta noche, capitán —dijo; luego se giró hacia el marinero y le dijo que arrastrara el bote fuera del agua y que buscara un refugio para él y sus compañeros.

—29 justos —informó el capitán Lynch al volver de echar una nueva ojeada al barómetro, con una silla en la mano.

Se sentó y miró fijamente el espectáculo del mar. Salió el sol, aumentando el bochorno del día, mientras se mantenía la calma absoluta. Las olas seguían creciendo en magnitud.

—Lo que provoca esas olas es lo que me preocupa —murmuró Raoul de mal humor—. No hay viento, aunque mire eso, ¡mire esa cosa allí!

Con varias millas de largo, transportando decenas de miles de toneladas de peso, su impacto sacudió el frágil atolón como un terremoto. El capitán Lynch estaba asustado.

—¡Dios mío! —exclamó, medio levantándose de su silla para volver a hundirse en ella.

—Pero no hay viento —persistió Raoul—. Podría entenderlo si también hubiera viento.

—Bastante pronto llegará el viento como para que te preocupes por él —fue su sombría respuesta.

Ambos hombres se sentaron en silencio. El sudor brotaba de su piel en miríadas de gotas minúsculas que rodaban juntas, formando manchas de humedad que, a su vez, se fundían en hilos que caían al suelo. Jadeaban en busca de aire, los esfuerzos del anciano eran particularmente dolorosos. Una ola sobrepasó la playa, lamiendo los troncos de los cocoteros y alcanzando casi sus pies.

—Ha sobrepasado el nivel más alto que haya visto —observó el capitán Lynch—; y llevo aquí once años. —Miró su reloj—. Son las tres en punto.

Un hombre y una mujer, y tras sus talones un abigarrado cortejo de mocosos y perros callejeros, deambulaban desconsolados. Llegaron a un alto más allá de la casa y, tras muchas dudas, se sentaron en la arena. Unos minutos después otra familia llegó desde la dirección contraria, el hombre y la mujer llevaban un heterogéneo surtido de posesiones. Y pronto varios cientos de personas de todas las edades y sexos se congregaron alrededor de la morada del capitán. Llamó a un recién llegado, una mujer con un bebé en sus brazos, y en respuesta recibió la información de que su casa se había hundido en la laguna.

Aquel era el pedazo de tierra más alto en millas a la redonda y ya, en cualquier lado, las grandes olas estaban abriendo limpias brechas en el fino anillo del atolón y penetrando en la laguna. El anillo del atolón tenía veinte millas, y en ningún lugar medía más de cincuenta brazas de ancho. Estaban en plena temporada de buceo, y gente de todas las islas de alrededor, incluso tan lejos como Tahiti, se había reunido allí.

—Hay mil doscientos hombres, mujeres y niños aquí —dijo el capitán Lynch—. Me pregunto cuántos seguirán aquí mañana por la mañana.

—Pero ¿por qué no sopla el viento?... eso es lo que quiero saber —preguntó Raoul.

—No se preocupe, joven, no se preocupe; ya llegarán los problemas lo bastante rápido.

Incluso mientras el capitán Lynch hablaba, una gran masa de agua golpeó el atolón. El agua de mar se agitó bajo sus sillas con unas tres pulgadas de profundidad. Muchas mujeres soltaron un sordo lamento de temor. Los niños, con las manos entrelazadas, miraban las inmensas olas y gritaban lastimosamente. Los pollos y los gatos, perturbados por el agua, se refugiaron, como de común acuerdo, en une confuso revuelo, sobre el tejado de la casa del capitán. Un paumotano, con una camada de cachorros recién nacidos en una cesta, trepó a un cocotero y ató la cesta a veinte pies del suelo. La madre se movía confusa en el agua por debajo, gañendo y aullando.

Y el sol seguía brillando y la calma absoluta continuaba. Se sentaron y miraron las olas y el loco cabeceo de la *Aorai*. El capitán Lynch observó las enormes montañas de agua azotando la tierra hasta que no pudo mirar más. Se cubrió el rostro con las manos para ocultar la vista; se metieron en la casa.

—28.60 —dijo con tranquilidad al volver.

En su brazo llevaba un rollo de cuerda pequeña. La cortó en trozos de dos brazas, le dio uno a Raoul y, guardándose uno para sí mismo, distribuyó lo que quedaba entre las mujeres avisándolas de que eligieran un árbol y treparan a él.

Empezó a soplar un aire ligero del noreste, y su roce en su mejilla pareció alegrar a Raoul. Podía ver la *Aorai* ajustar las velas y enfilar mar adentro, y lamentó no estar en ella. En todo caso se marcharía, pero el atolón... Una ola abrió una brecha, casi le barrió los pies y eligió un árbol. Entonces recordó el barómetro y corrió de vuelta a la casa. Se encontró con el capitán Lynch que se dirigía a por lo mismo y entraron juntos.

—28.20 —dijo el viejo capitán—. Esto va a ser un infierno... ¿qué es eso?

El viento pareció llenarse con una ráfaga de algo. La casa tembló y vibró, y oyeron resonar una impresionante nota de sonido. Las ventanas vibraron. Estallaron dos cristales; penetró una corriente de viento, golpeándolos y haciendo que se tambalearan. La puerta del otro lado se cerró de un portazo, destrozando el pestillo. El pomo blanco quedó hecho pedazos en el suelo. Las paredes de la habitación se inflaron como un balón de gas en el proceso de una repentina hinchazón. Entonces se oyó un nuevo ruido como el repiqueteo de mosquetes, mientras la espuma de una ola golpeaba las paredes de la casa. El capitán Lynch miró su reloj. Eran las cuatro en punto. Se puso un abrigo de piloto, descolgó el barómetro y lo escondió en un espacioso bolsillo. De nuevo una ola golpeó la casa, con un ruido fuerte, y el ligero edificio se inclinó, dando un cuarto de vuelta sobre sus fundaciones, y se hundió con el suelo formando un ángulo de diez grados.

Raoul salió el primero. El viento lo atrapó y le hizo dar vueltas. Notó que había virado al este. Con un gran esfuerzo se tiró sobre la arena, agachándose y cogiéndose a sí mismo. El capitán Lynch, transportado como una brizna de paja, cayó sobre él. Dos de los marineros de la *Aorai*, abandonando el cocotero al que se habían agarrado, acudieron en su ayuda, inclinándose contra el viento en ángulos imposibles y luchando por abrirse camino a cada pulgada que avanzaban.

El anciano tenía las articulaciones entumecidas y no podía trepar, así que los marineros, por medio de trozos cortos de cuerda atados los unos a los otros, lo subieron al tronco, unos pocos pies a cada vez, hasta que pudieron atarlo, en lo alto del árbol, a cincuenta pies del suelo. Raoul pasó su trozo de cuerda alrededor de la base de un árbol adyacente y se quedó mirando. El viento era aterrador. Nunca había soñado que pudiera soplar tan fuerte. Una ola abrió una brecha a través del atolón, mojándole hasta las rodillas ante de bajar hasta la laguna. El sol había desaparecido y un crepúsculo plomizo se instaló. Unas cuantas gotas de lluvia, que caían horizontalmente, le golpearon. El impacto era semejante al de perdigones de plomo. Una salpicadura de espuma salada le golpeó el rostro. Era como la bofetada de una mano humana. Le picaban las mejillas y unas lágrimas de dolor brotaron involuntariamente de sus ojos escocidos. Varios centenares de nativos habían ocupado los árboles y aquellos racimos de frutas humanas colgando de lo alto podían haberle hecho gracia. Luego, como buen nativo de Tahití, dobló el cuerpo por la cintura, agarró el tronco de su árbol con las manos, apretó las plantas de los pies contra la cercana superficie del tronco y empezó a subir por el árbol. En lo alto se encontró con dos mujeres, dos niños y un hombre. Una niña sujetaba un gato en sus brazos.

Desde su nido de águila saludó con la mano al capitán Lynch, y el valiente patriarca le devolvió el saludo. El cielo horrorizaba a Raoul. Se había acercado mucho —de hecho, parecía estar justo encima de su cabeza; y después de plomizo se había puesto negro. Aún había mucha gente en el suelo agrupada en torno a las bases de los árboles y agarrada a ellos. Varios de estos grupos rezaban, y en uno el misionero mormón los exhortaba. Llegó a sus oídos un ruido extraño, rítmico, débil como el canto de un lejano grillo, que duró sólo un momento, pero en ese momento le inspiró vagamente el pensamiento de una música paradisíaca y celestial. Miró a su alrededor y vio, en la base de otro árbol, un gran grupo de gente atados los unos a los otros por cuerdas. Podía ver sus caras mientras se ataban y sus labios moverse al unísono. No le llegaba ningún sonido, pero sabía que estaban cantando himnos.

El viento seguía soplando más fuerte. No podía medirlo por ningún proceso consciente, ya que hacía tiempo que había sobrepasado cualquiera experiencia que hubiera tenido del viento; pero de alguna manera sabía, sin embargo, que soplaba más fuerte. No muy lejos, un árbol fue arrancado de raíz, arrojando su carga de seres humanos al suelo. Una ola barrió la banda de arena y desaparecieron. Las cosas estaban ocurriendo rápidamente. Vio a un hombro moreno y una cabeza negra perfilarse contra las agitadas aguas blancas de la laguna. Al instante siguiente aquello también había desaparecido. Le asombraba la potencia del viento. Su propio árbol se balanceaba peligrosamente, una de las mujeres gemía y agarraba a la niña, que a su vez aún sujetaba al gato.

El hombre, sujetando al otro niño, le tocó el brazo a Raoul y señaló. Éste miró y vio la iglesia mormona pasar a toda velocidad dando tumbos a unos cien pies. Había sido arrancada de sus cimientos y el viento y el mar la empujaban y lanzaban hacia la laguna. Un aterrador muro de agua la atrapó, sacudió y arrojó contra media docena de cocoteros. Los racimos de frutas humanas cayeron como cocos maduros. Al retirarse la ola los vieron en el suelo, algunos yaciendo inmóviles, otros contorsionándose y retorciéndose. Le recordaron extrañamente a hormigas. No estaba asustado. Había sobrepasado el nivel del horror. Se fijó en cómo obviamente la siguiente ola barrió la arena limpiándola de los restos humanos. Una tercera ola, más colosal que las que había visto nunca, lanzó la iglesia dentro de la laguna, por donde flotó en la oscuridad hacia sotavento, medio sumergida, recordándole el arca de Noé recorriendo el mundo.

Buscó la casa del capitán Lynch, y le sorprendió que ya no estuviera. Desde luego las cosas estaban ocurriendo rápidamente. Se fijó en que mucha de la gente que había en los árboles que aún quedaban en pie había bajado al suelo. El viento había aumentado aún más. Su propio árbol lo demostraba. Ya no se balanceaba o se inclinaba a un lado y otro. En cambio, se mantenía prácticamente estacionario, curvado en un ángulo rígido en dirección al viento y simplemente vibrando. Pero la vibración era escalofriante. Era semejante a la de un diapasón o la de la lengüeta de una guimbarda. Era la rapidez de la vibración lo que la hacía tan terrible. Aunque sus raíces aguantaran, no podría soportar la tensión mucho más. Algo tendría que romperse.

Ah, un árbol había cedido. No lo había visto ceder, pero allí estaba, lo que quedaba, partido a mitad del tronco. Uno no sabía lo que ocurría hasta que lo veía. El mero crujido de los árboles y los gemidos de desesperación de los humanos no cabían en aquel impresionante volumen de sonido. Por casualidad estaba mirando en la dirección del capitán Lynch cuando ocurrió. Vio el tronco del árbol astillarse y partirse por la mitad sin un ruido. La punta del árbol, con tres marineros de la *Aorai* y el viejo capitán, voló sobre la laguna. No cayó al suelo, sino que voló por los aires como un trozo de paja. Siguió su vuelo durante unas cien yardas, hasta que golpeó el agua. Agudizó la mirada y estaba seguro de haber visto al capitán Lynch decir adiós con la mano.

Raoul no esperó más. Tocó al nativo y le hizo señas de que bajaran al suelo. El hombre estaba dispuesto a hacerlo, pero sus mujeres estaban paralizadas de terror y eligió quedarse con ellas. Raoul pasó su cuerda alrededor del árbol y se deslizó. Un torrente de agua salada pasó por encima de su cabeza. Aguantó la respiración y se agarró desesperadamente a la cuerda. El agua bajó, y al abrigo del tronco pudo respirar de nuevo. Ató la cuerda más firmemente y luego se hundió en otra ola. Una de las mujeres se deslizó y llegó hasta él, el nativo se quedó junto a la otra mujer, los dos niños y el gato.

El sobrecargo se había fijado en cómo los grupos que se agarraban a las bases de los demás árboles menguaban continuamente. Ahora vio cómo funcionaba el proceso en sus propias carnes. Se requerían todas sus fuerzas para aferrarse y la mujer que se había unido a él se estaba debilitando. Cada vez que emergía de una ola le sorprendía encontrarse aún ahí, y luego le sorprendía encontrar ahí a la mujer. Finalmente emergió encontrándose solo. Miró a su alrededor. La punta del árbol había desaparecido igualmente. A la mitad de su altura original, una punta astillada vibraba. Estaba a salvo. Las raíces aún aguantaban, mientras el árbol había sido esquilado de su resistencia al viento. Empezó a trepar. Estaba tan débil que lo hizo lentamente y una ola tras otra le golpeó antes de estar por encima de ellas. Luego se ató al tronco y fortaleció su alma para afrontar la noche y no sabía qué más.

Se sentía muy solo en la oscuridad. A veces le parecía que era el fin del mundo y él era el único que seguía con vida. El viento seguía haciéndose más fuerte. Aumentaba hora tras hora. Cuando calculaba que debían ser las once, el viento se había vuelto increíble. Era una cosa horrible, monstruosa, una furia ululante, una pared que golpeaba y pasaba pero que seguía golpeando y pasando —una pared sin fin. Le pareció que se había vuelto ligero y etéreo; que era él el que se movía; que era transportado a una velocidad inconcebible a través de una eterna solidez. El viento ya no era aire en movimiento. Se había vuelto sólido como agua o mercurio. Sentía que podía cogerlo con la mano y romperlo en pedazos como se podría hacer con la carne de la carcasa de un ternero; que podía agarrarse al viento y colgar de él como un hombre cuelga de una pared rocosa.

El viento le ahogaba. No podía ponerse de cara a él y respirar, ya que se precipitaba dentro de su boca y su nariz, dilatando sus pulmones como vejigas. En esos momentos le parecía que su cuerpo se llenaba e hinchaba de tierra sólida. Sólo podía respirar pegando sus labios al tronco del árbol. Además, el incesante impacto del viento lo dejaba exhausto. Tenía el cuerpo y la mente agotados. Ya no miraba, ya no pensaba, y estaba medio consciente. Una sola idea constituía su consciencia: *Así que esto es un huracán*. Esta única idea persistió irregularmente. Era como una llama débil que parpadeaba ocasionalmente. Desde un estado de estupor volvía a ella —*Así que esto es un huracán.* Luego volvía a sumirse en el estupor.

Lo peor del huracán duró desde las once de la noche hasta la tres de la madrugada, y fue a las once cuando el árbol del que colgaban Mapuhi y sus mujeres se rompió. Mapuhi voló hasta la superficie de la laguna, aún agarrando a su hija Ngaruka. Sólo un isleño de los Mares del Sur podía sobrevivir en aquella asfixia. El pandano, al que se había atado, dio vueltas y vueltas en la espuma cremosa; y sólo al agarrarse bien a veces y esperar, y otras cambiar rápidamente su punto de agarre, fue capaz de mantener su cabeza y la de Ngakura sobre la superficie a intervalos suficientemente próximos como para coger aire. Pero el aire era en su mayoría agua, espuma voladora y chorros de lluvia que manaban en ángulos rectos.

Había diez millas de laguna hasta el lado más alejado del anillo de arena. Allí, bamboleantes troncos de árboles, maderos, restos de cúters y ruinas de casas mataban a nueve de cada diez desdichados seres que sobrevivían al cruce de la laguna. Medio ahogados, exhaustos, eran arrojados a ese loco mortero de los elementos y machacados hasta ser carne informe. Pero Mapuhi tuvo suerte. Su suerte fue la de uno entre diez; le correspondió por un extraño designio del destino. Emergió de la arena, sangrando por una veintena de heridas. Ngaruka tenía el brazo izquierdo roto; los dedos de la mano derecha machacados; y heridas en la mejilla y la frente abiertas hasta el hueso. Se agarró a un árbol que aún se mantenía en pie y se aferró, sujetando a la niña y sollozando en busca de aire, mientras las aguas de la laguna se elevaban hasta las rodillas y a veces hasta la cintura.

A las tres de la madrugada lo peor del huracán cesó. Hacia las cinco tan solo soplaba una fuerte brisa. Y a las seis reinaba una calma absoluta y el sol brillaba en el cielo. El mar había bajado. En las aún agitadas aguas del borde de la laguna, Mapuhi vio los cuerpos rotos de aquellos que no consiguieron llegar a tierra. Sin duda alguna Tefara y Nauri se encontraban entre ellos. Caminó por la playa examinándolos, y llegó hasta su mujer, que yacía medio fuera del agua. Se sentó y lloró, haciendo discordantes ruidos animales como cuando se siente un dolor primitivo. Entonces ella se removió dificultosamente y gimió. La miró más de cerca. No sólo estaba viva, sino que estaba ilesa. Simplemente estaba durmiendo. Ella también había tenido la suerte de uno entre diez.

De los mil doscientos que vivían la noche anterior sólo quedaron trescientos. El misionero mormón y un gendarme los contaron. La laguna estaba atestada de cadáveres. No quedó en pie ni una casa ni una cabaña. En todo el atolón no quedó piedra sobre piedra. Uno de cada cincuenta cocoteros seguía en pie, y estaban destrozados así que no quedaba ni un coco. No había agua dulce. Los pozos poco profundos que recogían el agua de lluvia filtrada en la superficie estaban llenos de sal. Recuperaron fuera de la laguna unos cuantos sacos de harina empapados. Los supervivientes cortaron los corazones de los cocoteros caídos y se los comieron. Aquí y allá reptaban en minúsculas madrigueras formadas escarbando la arena y cubriéndolas con fragmentos de los tejados de metal. El misionero construyó un alambique primitivo, pero no podía destilar agua para trescientas personas. Al final del segundo día, Raoul, al tomar un baño en la laguna, descubrió que se le aliviaba un tanto la sed. Gritó la noticia, y acto seguido se pudo ver a trescientos hombres, mujeres y niños metidos hasta el cuello en la laguna e intentando beber agua a través de la piel. Sus muertos flotaban a su alrededor, y andaban sobre los que aún yacían al fondo. El tercer día la gente enterró a sus muertos y se sentó a esperar que llegara el rescate.

Mientras tanto, Nauri, separada de su familia por el huracán, había sido llevada lejos y vivía su propia aventura. Aferrada a un tosco tablón, que la hería, magullaba y le llenaba el cuerpo de astillas, voló por encima del atolón y llegó hasta el mar. Ahí, bajo los asombrosos golpes de las montañas de agua, perdió su tablón. Era una anciana de cerca de sesenta años; pero era nativa de las Paumoto y nunca había estado en su vida en un lugar donde no se viera el mar. Nadando en la oscuridad, asfixiándose, ahogándose, luchando por buscar aire, un coco le dio un fuerte golpe en el hombro. Al instante urdió un plan, y cogió el coco. Durante la hora siguiente se hizo con otros siete. Atados entre ellos, formaban una boya que la mantendría a flote aunque al mismo tiempo amenazaba con hacerla puré. Era una mujer gorda y le salían cardenales con facilidad; pero tenía experiencia con los huracanes y, mientras rezaba a su dios tiburón que la protegiera de ellos, esperó que el viento cesara. Pero a las tres de la madrugada estaba sumida en tal estupor que no lo notó. Ni a las seis supo que la calma absoluta había vuelto. Volvió en sí cuando fue arrojada sobre la arena. Arañó con los pies y las manos sangrando y se abrió camino contra el reflujo hasta que estuvo fuera del alcance de las olas.

Sabía donde estaba. Aquella tierra no podía ser otra que el minúsculo islote de Takokota. No tenía laguna. Estaba deshabitado. Hikueru estaba a quince millas. No podía ver Hikueru, pero sabía que quedaba al sur. Los días pasaron y vivió de los cocos que la habían mantenido a flote. La abastecieron con agua para beber y comida. Pero no bebía todo lo que quería, ni comía todo lo quería. El rescate era un problema. Vio el humo de los vapores de rescate en el horizonte, pero ¿qué vapor se podía esperar que viniera al solitario, desierto Takokota?

Al principio la atormentaban los cadáveres. El mar se empeñaba en lanzarlos sobre su trozo de arena, y ella se empeñó, hasta que le fallaron las fuerzas, en empujarlos de nuevo al mar donde los tiburones los partían y los devoraban. Cuando le fallaron las fuerzas, los cuerpos festonearon su playa con espantoso horror y se apartó de ellos lo más lejos que pudo, que no era muy lejos.

El décimo día se le acabó el último coco y se marchitaba de sed. Se arrastró por la arena, buscando cocos. Era extraño que tantos cuerpos flotaran y ni un coco. ¡Sin duda había más cocos flotando que hombres muertos! Finalmente se rindió y yació exhausta. Había llegado el final. No había nada que hacer excepto esperar la muerte.

Saliendo de su estupor, poco a poco fue consciente de que estaba mirando un mechón de pelo pelirrojo en la cabeza de un cadáver. El mar empujaba el cuerpo hacia ella y luego lo separaba. Éste se dio la vuelta y vio que no tenía rostro. Aunque había algo familiar en aquel mechón de pelo pelirrojo. Y pasó una hora. No se esforzó por identificarlo. Esperaba la muerte, y poco le importaba qué hombre había sido una vez aquella cosa horrorosa.

Pero al cabo de la hora se sentó despacio y miró fijamente el cadáver. Una ola excepcionalmente fuerte lo había arrojado más allá del alcance de las olas menos grandes. Sí, tenía razón; aquel mechón de pelo rojo sólo podía pertenecer a un hombre en las Paumoto. Era Levy, el judío alemán, el hombre que había comprado la perla y se la había llevado a la *Hira*. Bueno, una cosa era evidente:

la *Hira* había naufragado. El comprador de perlas había vuelto junto al dios de los pescadores y los ladrones,.

Se arrastró hasta él. Tenía la camisa desgarrada y podía ver el cinturón de cuero donde guardaba el dinero en la cintura. Aguantó la respiración y tiró de la hebilla. Cedió más fácilmente de lo que se esperaba y reptó apresuradamente a través de la arena, arrastrando el cinturón tras ella. Desató un bolsillo tras otro del cinturón y los encontró vacíos. ¿Dónde podía haberla dejado? En el último bolsillo la encontró, la primera y única perla que había comprado en el viaje. Reptó unos cuantos pies más lejos, para escapar a la pestilencia del cinturón y examinó la perla. Era la que Mapuhi había encontrado y que Toriki le había robado. La sopesó en la mano y la hizo rodar adelante y atrás con una caricia. Pero no vio en ella su belleza intrínseca. Lo que vio fue la casa que Mapuhi, Tefara y ella habían construido con tanto cuidado en sus mentes. Cada vez que miraba la perla veía la casa con todos sus detalles, incluido el reloj de péndulo octogonal en la pared. Aquello era algo por lo que vivir.

Desgarró una tira de su *ahu* y se ató la perla con fuerza alrededor del cuello. Luego avanzó por la playa, jadeando y gimiendo, pero buscando resueltamente cocos. Rápidamente encontró uno y, al mirar a su alrededor, un segundo. Rompió uno, bebió su agua, que estaba rancia, y se comió la última partícula de su carne. Poco después encontró una canoa destrozada. Había perdido la batanga, pero tenía esperanzas y, antes de que acabara el día, encontró la batanga. Cada hallazgo era un presagio. La perla era un talismán. Hacia el final de la tarde vio una caja de madera flotando en el agua. Cuando la arrastró hasta la playa su contenido repiqueteó, y dentro encontró diez latas de salmón. Abrió una golpeándola contra la canoa.

Cuando empezó a gotear, escurrió la lata. Tras ello pasó varias horas extrayendo el salmón trocito a trozo, golpeándolo y estrujándolo.

Esperó que llegara el rescate durante otros ocho días. Mientras tanto volvió a atar la batanga a la canoa, usando como ataduras todas las fibras de coco que pudo encontrar así como lo que quedaba de su *ahu*. La canoa estaba seriamente agrietada y no podía impedir que el agua entrara; pero hizo un cazo con un coco que guardó a bordo como achicador. Le costó hacer un remo. Con un trozo de lata se cortó el pelo cerca del cuero cabelludo. Con el pelo trenzó una cuerda; y mediante la cuerda ató un trozo de mango de escoba de tres pies a una tabla de la caja de salmón. Royó unas cuñas de metal con sus dientes y con ellos apretó la atadura.

El decimoctavo día, a medianoche, empujó la canoa por las olas y se dirigió a Hikueru. Era una anciana. Las privaciones habían reducido su gordura hasta que apenas le quedaban la piel y los huesos, así como unos pocos músculos fibrosos. La canoa era grande y se necesitaban tres hombres fuertes para remar. Pero ella lo hizo sola, con un remo improvisado. Además, la canoa hacía agua y un tercio del tiempo lo dedicaba a achicar. Al amanecer buscó vanamente Hikueru. A popa, Takokota había desaparecido bajo la línea del mar. El sol ardía sobre su desnudez, obligando a su cuerpo a entregar su humedad. Le quedaban dos latas de salmón, y durante el día los golpeó hasta hacerles agujeros y sacarles el líquido. Había una corriente del oeste, la arrastraba hacia allí por mucho que fuera hacia el sur.

Al principio de la tarde, en pie en la canoa, avistó Hikueru. Sus ricos cocoteros habían desaparecido. Solamente aquí y allá, a grandes intervalos, se podían ver ruinosos restos de árboles. La visión la alegró. Estaba más cerca de lo que pensaba. La corriente la llevaba hacia el oeste. Luchó contra ella y siguió remando. Las cuñas de las ataduras del remo se aflojaban y perdía mucho tiempo, en frecuentes intervalos, en apretarlas. Luego había que achicar. Una hora de cada tres tenía que dejar de remar para achicar. Y durante todo ese tiempo derivaba hacia el oeste.

Al anochecer Hikueru quedaba al sureste a unas tres millas. Había luna llena y hacía las ocho la tierra estaba directamente al este y a dos millas. Siguió luchando durante otra hora, pero la tierra estaba tan lejos como siempre. Estaba en lo más fuerte de la corriente; la canoa era demasiado grande; el remo demasiado inadecuado; y perdía demasiado tiempo y fuerzas en achicar. Además, estaba muy débil y se debilitaba cada vez más. A pesar de sus esfuerzos, la canoa se alejaba hacia el oeste.

Expiró una oración a su dios tiburón, resbaló por la borda y empezó a nadar. De hecho el agua la refrescó y rápidamente la canoa quedó detrás de ella. Al cabo de una hora la tierra estaba sensiblemente más cerca. Entonces apareció su miedo. Directamente ante sus ojos, ni a veinte pies, una gran aleta rasgaba el agua. Nadó si cesar hacia ella, y lentamente se deslizó a un lado, apartándose hacia la derecha y formando círculos a su alrededor. Mantuvo la mirada sobre la aleta, y siguió nadando. Cuando la aleta desapareció, hundió el rostro en el agua y vigiló. Cuando reapareció la aleta, continuó nadando. El monstruo estaba perezoso —lo podía ver. Sin duda alguna había comido en abundancia desde el huracán. Si hubiera estado muy hambriento, sabía que no hubiera dudado en precipitarse sobre ella. Medía quince pies de largo, y un solo mordisco, lo sabía, podía partirla por la mitad.

Pero no tenía tiempo que perder con él. Nadara o no, la corriente la arrastraba de igual modo lejos de la tierra. Pasó media hora y el tiburón empezó a hacerse más audaz. Al ver que ella no representaba ningún peligro, se acercó, estrechando los círculos, levantando los ojos insolentemente cuando se deslizaba frente a ella. Tarde o temprano, lo sabía muy bien, reuniría suficiente coraje para precipitarse sobre ella. Decidió actuar primero. Meditó un acto desesperado. Era una anciana, sola en el mar y débil por las privaciones y el hambre; pero aún así, cara a cara con aquel tigre del mar, tuvo que anticiparse a su carrera precipitándose sobre él. Siguió nadando, esperando su oportunidad. Finalmente pasó lánguidamente a su lado, apenas a ocho pies. Se lanzó sobre él de repente, fingiendo que lo atacaba. Él dio un coletazo mientras se alejaba, y su piel de papel de lija, al golpearla, le arrancó la piel desde el codo hasta el hombro. Él nadó a más velocidad, ensanchando el círculo y finalmente desapareció.

En el agujero en la arena, cubierto por fragmentos de tejado de metal, Mapuhi y Tefara estaban discutiendo.

—Si hubieras hecho como te dije —le atacó Tefara, por milésima vez—, y hubieras escondido la perla sin decírselo a nadie, ahora sería tuya.

—Pero Huru-Huru estaba conmigo cuando abrí la concha... ¿no te lo he dicho ya mil veces?

—Y ahora no tendremos casa. Raoul me ha dicho hoy que si no le hubieras vendido la perla a Toriki...

—No se la vendí. Toriki me la robó.

—...que si no le hubieras vendido la perla a Toriki, te hubiera dado cinco mil dólares franceses, que son diez mil dólares chilenos.

—Ha estado hablando con su madre —le explicó Mapuhi—. Tiene ojo para las perlas.

La casa de Mapuhi

—Y ahora la perla está perdida —se quejó Tefara.

—Le pagué mi deuda a Toriki. Así que de todas formas saqué mil doscientos dólares.

—Toriki está muerto —gritó ella—. No han sabido nada de su goleta. Se perdió junto a la *Aorai* y la *Hira*. ¿Te pagará Toriki los trescientos dólares de crédito que te prometió? No, porque Toriki está muerto. Y si no hubieras encontrado ninguna perla, ¿le deberías hoy a Toriki mil doscientos dólares? No, porque Toriki está muerto y no se puede pagar a un hombre muerto.

—Pero Levy no le pagó a Toriki —dijo Mapuhi—. Le dio un trozo de papel que vale dinero en Papeete; y ahora Levy está muerto y no puede pagar; y Toriki está muerto y el papel se ha perdido con él, y la perla se ha perdido con Levy. Tienes razón, Tefara. He perdido la perla y no he conseguido nada a cambio. Ahora vamos a dormir.

De repente levantó una mano y escuchó. Llegó un ruido de fuera, como de alguien respirando pesadamente y con dolor. Una mano removió la estera que servía de puerta.

—¿Quién anda ahí? —gritó Mapuhi.

—Nauri —se oyó contestar—. ¿Puedes decirme dónde está mi hijo, Mapuhi?

Tefara gritó y se agarró al brazo de Mapuhi.

—¡Un fantasma! —murmuró—. ¡Un fantasma!

El rostro de Mapuhi estaba blanco como la cera. Se agarró débilmente a su esposa.

—Buena mujer —dijo en tono vacilante, esforzándose por disfrazar su voz—, conozco bien a tu hijo. Está viviendo en la parte este de la laguna.

De fuera llegó el sonido de un suspiro. Mapuhi empezó a sentirse eufórico. Había engañado al fantasma.

—Pero, ¿de dónde vienes, vieja mujer? —preguntó.

—Del mar —fue su desalentada respuesta.

—¡Lo sabía! ¡Lo sabía! —gritó Tefara, balanceándose de una lado a otro.

—¿Desde cuándo duerme Tefara en una casa extraña? —llegó la voz de Nauri del otro lado de la estera.

Mapuhi miró a su mujer con miedo y reproche. Era su voz la que les había traicionado.

—¿Y desde cuando Mapuhi, mi hijo, rechaza a su madre? —prosiguió la voz.

—No, no, no lo hago... Mapuhi no te rechaza —gritó—. No soy Mapuhi. Está en el extremo este de la laguna, ya te lo he dicho.

Ngaruka se sentó en el lecho y empezó a llorar. La estera empezó a agitarse.

—¿Qué estás haciendo? —preguntó Mapuhi.

—Estoy entrando —dijo la voz de Nauri.

Un extremo de la estera se elevó. Tefara intentó hundirse bajo las mantas, pero Mapuhi estaba agarrado a ella. Tenía que agarrarse a algo. Juntos, peleándose, con el cuerpo temblando y los dientes castañeteando, miraron con ojos saltones hacia la estera levantada. Vieron a Nauri, empapada de agua de mar, sin su *ahu*, arrastrarse hacia ellos. Rodaron alejándose de ella y lucharon por la manta de Ngakura para taparse la cabeza.

—Deberías darle a tu anciana madre un trago de agua —dijo el fantasma lastimeramente.

—Dale un trago de agua —ordenó Tefara con voz temblorosa.

—Dale un trago de agua —dijo Mapuhi traspasando la orden a Ngaruka.

Y juntos sacaron a puntapiés a Ngaruka de debajo de la manta. Un minuto después, Mapuhi vio al fantasma bebiendo. Cuando alargó su mano y la posó sobre la suya, sintió su peso y se convenció de que no era un fantasma. Entonces emergió, arrastrando a Tefara tras él, y unos minutos después todos escuchaban la historia de Nauri. Y cuando habló de Levy, y dejó caer la perla en la mano de Tefara, incluso ella se reconcilió con la realidad de su suegra.

—Por la mañana —dijo Tefara— le venderás la perla a Raoul por cinco mil dólares franceses.

—¿Y la casa? —objetó Nauri.

—Él la construirá —contestó Tefara—. Dice que costará unos cuatro mil dólares franceses. Además nos dará crédito por otros mil, que son dos mil dólares chilenos.

—¿Y tendrá seis brazas de largo? —preguntó Nauri.

—Sí —contestó Mapuhi—, seis brazas.

—¿Y en la habitación central habrá un reloj de péndulo octogonal?

—Sí, y también la mesa redonda.

—Entonces dame algo de comer, estoy hambrienta —dijo Nauri complacida—. Y después dormiremos ya que estoy cansada. Y mañana hablaremos más sobre la casa antes de vender la perla. Sería mejor si cogiéramos los mil dólares franceses al contado. El dinero es siempre mejor que el crédito para comprar cosas a los comerciantes.

3
EL DIENTE DE BALLENA

Hace mucho tiempo en Fiyi, John Starhurst se presentó en la misión del poblado de Rewa y anunció su intención de predicar el Evangelio por todo Viti Levu. Ahora Viti Levu significa «Gran Tierra», al ser la mayor de un grupo compuesto de varias islas grandes, por no decir nada de los cientos de pequeñas. Aquí y allá, en sus costas, vivían en precarias condiciones un puñado de misioneros, comerciantes, pescadores de *bêche-de-mer** y desertores de los barcos balleneros. El humo de las hogueras entraba por sus ventanas y los cuerpos de los asesinados pasaban ante sus puertas camino del festín.

El Lotu, o Culto, progresaba lentamente y, a menudo, a modo de cangrejo. Los jefes, que se decían cristianos y eran bienvenidos en el seno de la capilla, tenían el preocupante hábito de recaer en la tentación de compartir la carne de sus enemigos favoritos. Comer o ser comido había sido la ley de aquella tierra; y comer o ser comido prometía seguir siendo la ley de aquella tierra durante mucho tiempo. Había jefes como Tanoa, Tuiveikoso y Tuikilakila que se habían comido literalmente a cientos de sus hombres. Pero entre estos glotones sobresalía en lo más alto Ra Undreundre. Vivía en Takiraki. Tenía un registro de sus hazañas gustativas. Una hilera de piedras frente a su casa señalaba los cuerpos comidos. Esta hilera medía dos-

---

* *Bêche-de-mer*: holoturias, comúnmente llamadas pepinos de mar.

cientos treinta pasos y se componía de ochocientas setenta y dos piedras. Cada piedra representaba un cuerpo. La hilera de piedras podría haber sido mayor si no hubiera recibido por desgracia un lanzazo en la parte baja de la espalda en una escaramuza en la selva de Somo Somo y no hubiera sido servido a la mesa de Naungavuli, cuya mediocre fila sólo contaba cuarenta y ocho piedras.

Los misioneros, agotados por el trabajo y aquejados de fiebre, se aplicaban tenazmente a su labor, desesperándose a veces y buscando algún acontecimiento especial, algún fuego pentecostal que les trajera una buena cosecha de almas. Pero Fiyi seguía siendo obstinadamente caníbal. Los comedores-de-hombres de cabello crespo se resistían a abandonar sus ollas de carne mientras la cosecha de cadáveres humanos fuera abundante. A veces, cuando la cosecha era demasiado abundante, abusaban de los misioneros dándoles a entender que tal día habría una matanza y una barbacoa. En seguida los misioneros compraban la vida de las víctimas con palos de tabaco*, brazas de percal y sacos de cuentas para trueque. Así los jefes conseguían hacer un considerable negocio con este uso de sus excedentes de carne viva. Además, siempre podían salir y conseguir más.

En esta coyuntura John Starhurst proclamó que predicaría el Evangelio de costa a costa de la Gran Tierra, y que empezaría adentrándose en las fortalezas montañosas de las fuentes del río Rewa. Sus palabras fueron recibidas con consternación.

Los profesores nativos lloraron quedamente. Sus dos compañeros misioneros procuraron disuadirle. El rey de Rewa le advirtió de que los moradores de la montaña seguramente se lo *kai-kaiarían* —*kai-kai* significa «comer» y

* Manojo de hojas de tabaco arrolladas.

que él, rey de Rewa, al haberse vuelto Lotu se vería obligado a entrar en guerra con los moradores de la montaña. Era plenamente consciente de que no podría conquistarlos. Así mismo era plenamente consciente de que podrían bajar el río y saquear el poblado de Rewa. Pero, ¿qué debía hacer? Si John Starhurst persistía en partir y ser comido, habría una guerra que costaría cientos de vidas.

Más tarde ese día una delegación de jefes de Rewa esperó a John Starhurst. Los escuchó pacientemente y discutió pacientemente con ellos, aunque no cedió ni una pizca en su propósito. A sus compañeros misioneros les explicó que no se empeñaba en ser un mártir; que había sentido la llamada de predicar el Evangelio en Viti Levu y que simplemente obedecía los deseos del Señor.

A los comerciantes, que acudieron y fueron los que más enérgicamente se opusieron de todos, les dijo:

—Vuestras objeciones son inútiles. Tan sólo habláis de los perjuicios que causaría a vuestros negocios. A vosotros os interesa ganar dinero, a mí me interesa salvar almas. Los paganos de esa oscura tierra deben ser salvados.

John Starhurst no era un fanático. Habría sido el primero en negar esa imputación. Era eminentemente sensato y práctico. Estaba seguro de que su misión acabaría exitosamente y se veía a sí mismo encendiendo la chispa pentecostal en las almas de los hombres de la montaña e inaugurando un renacimiento que se extendería fuera de las montañas y por todo lo largo y ancho de la Gran Tierra de un mar a otro y hasta las islas en medio del mar. No había ninguna luz salvaje en sus apacibles ojos grises, sino sólo una tranquila determinación y una inquebrantable confianza en el Sumo Poder que le guiaba.

Sólo encontró a un hombre que aprobara su proyecto, y ese era Ra Vatu, quien en secreto le animó y le ofreció dejarle unos guías hasta el pie de las montañas. John Starhurst, a su vez, estaba muy satisfecho con la conducta de Ra Vatu. Del pagano incorregible, con el corazón tan negro como sus actos, empezaba a emanar la luz. Incluso habló de convertirse en Lotu. Cierto es que tres años antes había expresado una intención similar y hubiera entrado en la iglesia si John Starhurst no se hubiera opuesto a que llevara consigo a sus cuatro esposas. Ra Vatu había expuesto objeciones económicas y éticas a la monogamia. Además, la quisquillosa objeción del misionero le había ofendido; y, para probar que era un agente libre y un hombre de honor, había blandido su maza de guerra sobre la cabeza de Starhurst. Starhurst escapó esquivando la maza y agarrándose a Ra Vatu hasta que llegó ayuda. Pero ahora todo aquello estaba perdonado y olvidado. Ra Vatu iba a la iglesia, no sólo como un simple pagano converso, sino también como polígamo arrepentido. Sólo estaba esperando, según le aseguró a Starhurst, a que la más vieja de sus esposas, que estaba muy enferma, muriera.

Starhurst viajó por el lento Rewa en una de las canoas de Ra Vatu. Esta canoa le llevaría durante dos días y al llegar al punto en que no se podía navegar más, regresaría. A lo lejos, elevándose en el cielo, se podían ver las montañas grisáceas que marcaban la espina dorsal de la Gran Tierra. John Starhurst las contempló todo el día con ansioso anhelo.

A veces rezaba en silencio. Otras veces se unía a la oración Narau, un maestro nativo que llevaba siete años siendo Lotu, desde el día en que fue salvado de la hoguera por el doctor James Ellery Brown a cambio de la insignificante suma de cien palos de tabaco, dos mantas de algodón y una gran botella de matapenas. En el último momento, tras veinte horas de solidaria súplica y oración, los oídos de Narau habían sentido la llamada de seguir adelante con John Starhurst en su misión por las montañas.

—Maestro, debo ir contigo —anunció.

John Starhurst lo acogió con sobrio placer. Ciertamente el Señor estaba de su lado si incitaba a acompañarle a esa criatura de espíritu flojo como era Narau.

—Efectivamente carezco de coraje, soy la criatura más débil del Señor —explicó Narau el primer día que pasaron en la canoa.

—Debes tener fe, una fe más fuerte —le reprendió el misionero.

Otra canoa viajaba por el Rewa ese día. Pero viajaba a una hora de su popa y se cuidaba de no ser vista. Esa canoa también era propiedad de Ra Vatu. En ella iba Erirola, primo y hombre de confianza de Ra Vatu; y en la pequeña cesta de la que nunca se desprendía había un diente de ballena. Era un diente magnífico, de seis pulgadas de largo, hermosamente proporcionado, cuyo marfil se había tornado amarillo y púrpura con el tiempo. Ese diente era así mismo propiedad de Ra Vatu; y en Fiyi, cuando un diente así sale a la luz, suelen ocurrir cosas. Ya que ésta es la virtud del diente de ballena: aquel que lo acepta no puede negarse a la petición que lo acompaña o lo sigue. La petición puede ser desde una vida humana hasta una alianza tribal, y ningún fiyiano es tan insensible al honor como para negarse a la petición una vez ha aceptado el diente. A veces la petición se suspende o el cumplimiento se retrasa, con consecuencias desfavorables.

En la parte alta del Rewa, en el poblado de un jefe llamado Mongondro, John Starhurst descansó al final de su segundo día de viaje. Por la mañana, con ayuda de Narau, se dispuso a seguir a pie hacia las montañas grisáceas que ahora eran verdes y aterciopeladas con la proximidad.

Mongondro era un pequeño jefe de temperamento suave, modales apacibles y corto de vista, que padecía elefantiasis y al que ya no atraían las turbulencias de la guerra. Recibió al misionero con cálida hospitalidad, le dio comida de su propia mesa e incluso habló de cuestiones religiosas con él. Mongondro era un espíritu curioso y complació mucho a John Starhurst pidiéndole un relato sobre la existencia y el comienzo de las cosas. Cuando el misionero terminó su resumen de la Creación de acuerdo con el Génesis, vio que Mongondro estaba profundamente afectado. El viejo y pequeño jefe fumó en silencio durante un rato. Luego retiró la pipa de su boca y movió la cabeza con tristeza.

—No puede ser —dijo—. Yo, Mongondro, en mi juventud, era bueno trabajando con la azuela. Aun así me costaba tres meses hacer una canoa; una canoa pequeña, muy pequeña. Y usted dice que toda esta tierra y este agua fueron hechos por un solo hombre...

—No, los hizo un Dios, el único Dios verdadero —interrumpió el misionero.

—Es lo mismo —prosiguió Mongondro— ¡que toda la tierra y todo el agua, los árboles, y la selva y la montaña, el sol, la luna y las estrellas, fueron hechos en seis días! No, no. Le digo que en mi juventud era un hombre habilidoso, aun así me costaba tres meses hacer una pequeña canoa. Eso es un cuento para asustar a los niños; ningún hombre puede creerlo.

—Yo soy un hombre —dijo el misionero.

—Cierto, usted es un hombre. Pero no le es dado a mi oscuro entendimiento saber en lo que cree.

—Se lo digo, yo creo que todo fue hecho en seis días.

—Eso dice, eso dice —murmuró dulcemente el viejo caníbal.

Sólo cuando John Starhurst y Narau se fueron a acostar, Erirola se acercó sigilosamente a la casa del jefe y, tras unas palabras diplomáticas, le entregó el diente de ballena.

El viejo jefe sostuvo el diente en sus manos largo tiempo. Era un hermoso diente y lo deseaba. También adivinó la petición que debía acompañarlo. —No, no; los dientes de ballena eran hermosos —y se le hacía la boca agua, pero se lo devolvió a Erirola con mil disculpas.

* * *

Muy pronto al amanecer John Starhurst ya estaba en pie, dando grandes zancadas por el sendero de la selva con sus grandes botas de piel, le seguía el fiel Narau, él mismo seguido por un guía desnudo que les había prestado Mongondro para mostrarles el camino hasta el siguiente poblado. A una milla por detrás avanzaba con paso lento Erirola, con el diente de ballena en la cesta que colgaba de su hombro. Durante dos días más siguió al misionero, ofreciendo el diente a los jefes de los poblados. Pero lo rechazaron en un poblado tras otro. Seguía tan de cerca al misionero que adivinaban la petición que se les requeriría, y se negaban a ello.

Estaban adentrándose cada vez más en las montañas, y Erirola tomó un sendero secreto, adelantándose al misionero, y llegó a la fortaleza del Buli de Gatoka. Y el Buli no estaba avisado de la inminente llegada de John Starhurst. Además el diente era hermoso —un extraordinario espécimen cuya coloración era de las más preciadas. El diente fue presentado en público. El Buli de Gatoka, sentado en su mejor tronco, rodeado de sus jefes, con tres espantamoscas a sus espaldas, se dignó recibir de la mano de su heraldo el diente de ballena obsequio de Ra Vatu llevado a las montañas por su primo, Erirola. Se produjo una sarta de aplausos cuando aceptó el regalo; los jefes, heraldos y espantadores de moscas reunidos gritaron a coro:

—¡A! ¡woi! ¡woi! ¡woi! ¡A! ¡woi! ¡woi! ¡woi! ¡A tabua levu! ¡woi! ¡woi! ¡A mudua, mudua, mudua!

—Pronto llegará un hombre, un hombre blanco —empezó a decir Erirola tras una pausa adecuada—. Es un misionero y llegará hoy. Ra Vatu se complace en desear sus botas. Quiere regalárselas a su buen amigo, Mongondro, y tiene en la cabeza mandárselas con los pies en su interior, ya que Mongondro es un hombre viejo y sus dientes ya no son lo que eran. Buli, asegúrate de que los pies van dentro de las botas. En cuanto al resto, puede quedarse aquí.

El placer del diente de ballena se esfumó de los ojos del Buli y miró a su alrededor dudoso. Pero ya había aceptado el diente.

—Un misionero de nada no tiene importancia —apremió Erirola.

—No, un misionero de nada no tiene importancia —contestó el Buli para sí mismo—. Mongondro tendrá las botas. Que tres o cuatro jóvenes le salgan al paso al misionero. Aseguraos de traer de vuelta las botas también.

—Es demasiado tarde —dijo Erirola—. ¡Escuchad! Aquí llega.

Saliendo de un matorral de la selva, John Starhurst, con Narau pegado a sus talones, irrumpió en el escenario. Las famosas botas, llenas de agua al vadear el arroyo, lanzaban finos chorros de agua a cada paso. Starhurst miró a su alrededor con los ojos centelleantes. Impulsado por una fe inquebrantable, insensible a la duda o el temor, exultaba por todo lo que veía. Sabía que desde el principio de los tiempos era el primer hombre blanco que pisaba la fortaleza montañosa de Gatoka.

Las cabañas de hierba colgaban de la empinada montaña o por encima del torrente del Rewa. A ambos lados se abrían grandes precipicios. Como mucho penetraban tres horas de luz solar en aquella estrecha garganta. No se veían ni cocoteros ni bananos, si bien una densa vegetación tropical lo invadía todo, goteando en aireadas guirnaldas desde los escarpados bordes de los precipicios y cubriendo con una profusión de colores cada saliente agrietado. Al final de la garganta, el Rewa daba un salto de ochocientos pies de golpe, mientras la atmósfera de la fortaleza de roca latía al son del rítmico trueno de la cascada.

Starhurst vio salir de su cabaña al Buli y sus seguidores.

—Te traigo buenos vientos —saludó el misionero.

—¿Quién te ha enviado? —dijo el Buli reuniéndose con él tranquilamente.

—Dios.

—Es un nombre nuevo en Viti Levu —sonrió el Buli—. ¿De qué islas, poblados o pasos es jefe?

—Es el jefe de todas las islas, todos los poblados, todos los pasos —contestó solemnemente John Starhurst—. Es el Señor del cielo y de la tierra, y he venido a traerte Su palabra.

—¿Envía dientes de ballena? —fue la insolente respuesta.

—No, pero más valioso que los dientes de ballena es el...

—Es costumbre, entre jefes, enviar dientes de ballena —interrumpió el Buli. O tu jefe es un tacaño, o eres un tonto al venir con las manos vacías a las montañas. Mira, alguien más generoso ha llegado antes que tú.

Al decir esto, le mostró el diente de ballena que había recibido de Erirola.

Narau soltó un gemido.

—Es el diente de ballena de Ra Vatu, —le susurró a Starhurst—. Lo conozco bien. Estamos perdidos.

—Hermoso objeto —contestó el misionero, pasándose la mano por su larga barba y ajustándose las gafas—. Ra Vatu lo habrá arreglado todo para que seamos bien recibidos.

Pero Narau gimió de nuevo y se apartó de los talones que había perseguido demasiado fielmente.

—Ra Vatu pronto será Lotu —explicó Starhurst—, he venido a traerte el Lotu.

—No quiero ningún Lotu —dijo el Buli, con orgullo—. Y creo que en este día recibirás varios mazazos.

El Buli hizo un gesto con la cabeza a uno de sus robustos montañeses, quien dio un paso adelante haciendo girar una maza. Narau corrió hasta la cabaña más próxima, pidiendo esconderse a las mujeres y los troncos; pero John Starhurst esquivó la maza y rodeó con sus brazos el cuello del verdugo. Desde esa posición de ventaja procedió a discutir; pero no estaba ni nervioso ni asustado.

—Sería muy malo para ti matarme —le dijo al hombre—. No te he hecho ningún daño, ni tampoco se lo he hecho al Buli.

Estaba tan sujeto al cuello del hombre que no se atrevieron a golpearle con sus mazas. Y siguió sujetándolo y discutiendo por su vida con aquellos que clamaban por su muerte.

—Soy John Starhurst —prosiguió con calma—. Llevo trabajando en Fiyi tres años, y lo hecho sin buscar beneficio propio. Estoy aquí entre vosotros por un bien. ¿Por qué debería morir nadie? Matarme no beneficiará a nadie.

El Buli le echó una ojeada al diente de ballena. Le pagaban bien por la tarea.

El misionero estaba rodeado por una masa de salvajes desnudos, todos peleando para cogerle. La canción de la muerte, que es la canción de la hoguera, se elevó en el aire y ya no se pudieron oír sus protestas. Pero tan astutamente se enroscó alrededor de su captor que no pudieron asestarle el golpe mortal. Erirola sonrió y el Buli empezó a enfadarse.

—¡Apartaos todos! —gritó—. Bonita historia que contar en la costa... una docena contra un misionero, desarmado, débil como una mujer, y resulta que puede con todos vosotros.

—Espera, Buli —llamó Starhurst desde el centro de la pelea—, e incluso podrá contigo. Ya que mis armas son la Verdad y la Rectitud, y ningún hombre puede resistirse a ellas.

—Entonces acércate —contestó el Buli— ya que mi arma es sólo una miserable maza y, según dices, no podrá resistírsete.

El grupo se separó de él y John Starhurst quedó solo frente al Buli, que blandía una enorme maza nudosa.

—Acércate, misionero, y vénceme —le desafió el Buli.

—Aun así me acercaré y te venceré —contestó John Starhurst, limpiándose primero las gafas y ajustándoselas adecuadamente, luego empezó a avanzar.

El Buli levantó la maza y esperó.

—En primer lugar, mi muerte no te servirá de nada —empezó a argumentar Starhurst.

—Dejaré que responda mi maza —fue la contestación del Buli.

Y a cada argumento daba la misma respuesta, a la vez que vigilaba al misionero de cerca para anticiparse a su astuta manera de esquivar la maza en el aire. Entonces, y por primera vez, John Starhurst supo que estaba a un paso de la muerte. No intentó zafarse. Con la cabeza descubierta, se quedó en pie al sol y rezó en voz alta —era la suya la misteriosa figura del inevitable hombre blanco que, con una Biblia, una bala o una botella de ron se ha enfrentado al salvaje pasmado en todas y cada una de sus fortalezas. Y así permaneció John Starhurst en la fortaleza de roca del Buli de Gatoka.

—Perdónales, porque no saben lo que hacen —rezó—. ¡Señor! Apiádate de Fiyi. Ten compasión de Fiyi. Oh Jehová, escúchanos por su bien, por Tu Hijo, al que concediste que, con su muerte, todos los hombres pudiéramos ser Tus hijos. De Ti venimos y a Ti volveremos. La tierra es oscura, oh Señor, la tierra es oscura. Pero Tú puedes salvarnos. Extiende Tu mano, oh Señor, y salva a Fiyi, a la pobre Fiyi caníbal.

El Buli se impacientaba.

—Ahora te contestaré —farfulló blandiendo su maza con las dos manos.

Narau, escondido entre las mujeres y los troncos, oyó el impacto del golpe y se estremeció. Luego se elevó la canción de la muerte y supo que el cuerpo de su querido misionero era llevado a la hoguera cuando oyó las siguientes palabras:

—Llevadme con cuidado. Llevadme con cuidado. Ya que soy adalid de mi país. ¡Dad gracias! ¡Dad gracias! ¡Dad gracias!

Luego destacó una voz entre el estrépito, preguntando:

—¿Dónde está el valiente?

Un centenar de voces rugieron la respuesta:

—Lo llevamos a la hoguera para asarlo.

—¿Dónde está el cobarde?— preguntó la voz.

—¡Ha ido a llevar la noticia! —gritaron las cien voces—. ¡Ha ido a llevar la noticia! ¡Ha ido a llevar la noticia!

Narau gimió con el espíritu angustiado. Las palabras de la vieja canción eran ciertas. Él era el cobarde y sólo le quedaba huir y llevar la noticia.

4
EL PAGANO

Lo conocí durante un huracán; y aunque lo capeamos en la misma goleta, mis ojos no recayeron en él hasta que ésta quedó hecha pedazos bajo nuestros pies. Sin duda lo había visto junto al resto de la tripulación canaca a bordo, pero no fui consciente de su existencia, ya que la *Petite Jeanne* estaba más bien abarrotada. Además de ocho o diez marineros canacos, el capitán, el oficial de cubierta y el sobrecargo, y los seis pasajeros de cabina, zarpó de Rangiroa con unos ochenta y cinco pasajeros de cubierta —de las islas Paumoto o de Tahití, hombres, mujeres y niños cada uno con su maleta, por no decir nada de las esteras para dormir, las mantas y los fardos de ropa.

La temporada de las perlas en Paumoto había acabado, y todos volvían a Tahití. Los seis pasajeros de cabina éramos compradores de perlas. Dos eran americanos, uno era Ah Choon (el chino más blanco que haya visto jamás), uno era alemán, uno era un judío polaco, y conmigo se completaba la media docena.

Había sido una temporada próspera. Ninguno de nosotros podía quejarse, ni tampoco ninguno de los ochenta y cinco pasajeros de cubierta. A todos les había ido bien, y todos esperaban un descanso y pasarlo bien en Papeete.

Desde luego la *Petite Jeanne* estaba sobrecargada. Sólo pesaba setenta toneladas, y no podía llevar un diezmo de la multitud que había a bordo. Bajo las escotillas estaba atiborrada de madreperla y copra. Era un milagro que los marineros pudieran gobernarla. No podían moverse por la cubierta. Simplemente trepaban y avanzaban por la borda.

Por la noche caminaban por encima de los durmientes, que alfombraban la cubierta, lo juro, en dos capas. ¡Ah! y había cerdos y pollos en cubierta, y sacos de ñames, mientras todos los lugares concebibles estaban festoneados con hileras de cocos y racimos de plátanos. A ambos lados, entre los obenques de proa y mayor, habían atado cabos, lo bastante bajos para que la botavara de proa se balanceara libremente; y de cada cabo colgaban finalmente cincuenta racimos de plátanos.

Prometía ser una travesía desordenada, incluso si la hubiéramos hecho en los dos o tres días que se requerían si los alisios del sudeste hubieran soplado. Pero no soplaban. Tras las primeras cinco horas el viento murió reduciéndose a lo que podrían producir una docena de abanicos. La calma se mantuvo durante toda la noche y al día siguiente —una de esas calmas deslumbrantes, vítreas, en las que sólo pensar en abrir los ojos para mirarla basta para producir dolor de cabeza.

El segundo día murió un hombre de la isla de Pascua, uno de los mejores buceadores de aquella temporada en la laguna. Fue la viruela; aunque no entiendo cómo pudo llegar la viruela a bordo cuando no había habido ningún caso conocido en tierra cuando partimos de Rangiroa. Pero así era: viruela, un hombre muerto y otros tres yacentes.

No se podía hacer nada. No podíamos aislar a los enfermos, tampoco los podíamos atender. Estábamos apretados como sardinas. No había nada que hacer más que pudrirnos y morir —, es decir, no hubo nada que hacer tras la noche que siguió a la primera muerte. Aquella noche, el oficial, el sobrecargo, el judío polaco y tres buceadores nativos se escabulleron en el gran bote. Nunca volvimos a saber de ellos. Por la mañana el capitán desfondó sin demora los botes restantes, y ahí estábamos.

Aquel día hubo dos muertes; al día siguiente tres; luego saltó a ocho. Era curioso ver cómo nos lo tomamos. Los nativos, por ejemplo, se sumieron en un estado de miedo mudo e impasible. El capitán —un francés cuyo nombre era Oudouse— se volvió muy nervioso y voluble. En verdad se llenó de tics. Era un hombre ancho y carnoso, pesaba por lo menos doscientas libras, y se transformó rápidamente en una fiel representación de una temblorosa montaña de grasa gelatinosa.

El alemán, los dos americanos y yo mismo nos apoderamos de todo el whisky escocés y procedimos a mantenernos borrachos. La teoría era hermosa, a saber: si nos manteníamos empapados en alcohol, cualquier germen de viruela que entrara en contacto con nosotros se convertiría inmediatamente en cenizas. Y la teoría funcionó, aunque debo reconocer que tampoco el capitán Oudouse ni Ah Choon fueron atacados por la enfermedad. El francés no bebía nada, mientras que Ah Choon se limitaba a un trago al día.

Hacía un tiempo precioso. El sol, que avanzaba por su declinación septentrional, se encontraba encima de nuestras cabezas. No había viento, excepto las frecuentes ráfagas que soplaban ferozmente entre cinco minutos y media hora, y terminaban inundándonos de lluvia. Tras cada borrasca, el espantoso sol volvía a salir arrancando nubes de vapor de la cubierta empapada.

El vapor no era agradable. Era el vapor de la muerte, cargado con millones y millones de gérmenes. Siempre tomábamos otro trago cuando lo veíamos elevarse de los muertos y moribundos, y normalmente nos tomábamos dos o tres tragos más, particularmente fuertes. Además, convertimos en regla el beber varios más cada vez que tiraban a los muertos a los tiburones que pululaban a nuestro alrededor.

Así pasamos una semana, y luego el whisky se acabó. Y fue mejor así, sino ahora no estaría vivo. Se necesitaba estar sobrio para aguantar lo que siguió, estarán de acuerdo cuando mencione el pequeño hecho de que sólo dos hombres aguantaron. El otro hombre era el pagano, por lo menos así es cómo oí que lo llamaba el capitán Oudouse cuando fui consciente por primera vez de la existencia del pagano. Pero volvamos a lo que íbamos.

Era el final de la semana, con el whisky acabado y los compradores de perlas sobrios, cuando se me ocurrió mirar el barómetro que colgaba de la escalerilla de cabina. El registro normal en las Paumoto era de 29.90, y era habitual verlo oscilar entre 19.85 y 30.00 o incluso 30.05; pero verlo tal como lo vi, en 29.62, bastaba para desembriagar al comprador de perlas más borracho que hayan incinerado nunca microbios de viruela en whisky escocés.

Llamé la atención del capitán Oudouse sobre aquello, tan sólo para enterarme de que lo llevaba viendo descender desde hacia varias horas. Poco había que hacer, pero lo poco que había lo hizo muy bien, considerando las circunstancias. Arrió las velas ligeras, dejó el barco con el velamen de tormenta, tendió líneas salvavidas y esperó el viento. Su error residió en lo que hizo una vez llegó el viento. Viró hacia babor, lo cual era lo correcto al sur del ecuador si —y ahí residía el problema— *si* uno *no* se encontraba directamente en la trayectoria del huracán.

Estábamos en la trayectoria directa. Podía verlo por el constante aumento del viento y la así mismo constante bajada del barómetro. Yo quería que girara y navegara con el viento en la cuadra de babor hasta que el barómetro dejara de descender, y que después se pusiese al pairo. Discutimos hasta que se puso histérico, pero no cedió. Lo peor de todo es que no conseguí que el resto de los compradores de perlas me respaldaran. Al fin y al cabo, ¿quién era yo para saber más acerca del mar y sus costumbres que un capitán debidamente cualificado? Sabía que aquello era lo que pensaban.

Claro está, con el viento, las olas se elevaron espantosamente; y nunca podré olvidar las tres primeras que atravesó la *Petite Jeanne*. No obedecía al timón, como ocurre a veces con los barcos al pairo, y la primera ola abrió una brecha limpia. Las cuerdas de salvamento sólo servían para los que estaban fuertes y sanos, y de poco servían incluso para ellos cuando las mujeres y los niños, los plátanos y los cocos, los cerdos y las maletas, los enfermos y los moribundos, eran arrastrados en una masa sólida, chillona y gimiente.

La segunda ola hizo que la *Petite Jeanne* se llenara hasta el nivel de la borda: y, mientras la popa se hundía y la proa se lanzaba hacia el cielo, todos los miserables despojos de vida y equipajes se derramaron hacia la popa. Fue un torrente humano. Se precipitaban de cabeza, con los pies por delante, de lado, dando vueltas y vueltas, girando, retorciéndose, encorvándose y arrugándose. Una y otra vez uno conseguía aferrarse a un candelero o un cabo; pero el peso de los cuerpos que venían detrás rompía el agarre.

Me fijé en un hombre que chocó, de cabeza y de frente, contra el noray de estribor. Su cabeza se partió como un huevo. Vi lo que se nos venía encima, salté sobre el techo de la cabina y de allí a la propia vela mayor. Ah Choon y uno de los americanos intentaron seguirme, pero les llevaba ventaja. El americano fue arrastrado fuera por encima de la popa como un trozo de paja. Ah Choon se agarró a una cabilla del timón y cayó detrás de él. Pero una robusta vahine (mujer) de Raratonga —debía pesar dos cientas cincuenta libras— se precipitó sobre él y le rodeó el cuello con el brazo. Él se agarró al timonel canaco con la otra mano; y en ese preciso instante la goleta se inclinó a estribor.

El raudal de cuerpos y agua que llegaba por el pasillo de babor entre la cabina y la borda giró de golpe y se desparramó hacia estribor. Y desaparecieron la vahine, Ah Choon y el timonel; y juro que vi a Ah Choon sonreírme con filosófica resignación cuando pasó por la borda y cayó.

La tercera ola —la más grande de las tres— no causó demasiados daños. Para cuando llegó, casi todo el mundo estaba en las jarcias. Sobre cubierta, quizás un docena de desdichados jadeantes, medio ahogados y medio aturdidos rodaban o intentaban arrastrarse hacia un lugar seguro. Cayeron por la borda, así como los restos de los dos botes que quedaban. Los demás compradores de perlas y yo mismo, entre una ola y otra, conseguimos meter a unas quince mujeres y niños en la cabina y la reforzamos con listones. De poco les sirvió al final a aquellas pobres criaturas.

¿Viento? Con toda mi experiencia no habría creído posible que el viento soplara como lo hizo. No se puede describir. ¿Cómo puede uno describir una pesadilla? Lo mismo ocurría con aquel viento. Te arrancaba la ropa del cuerpo. Digo que *la arrancaba*, y es lo que quiero decir. No les pido que lo crean. Simplemente les cuento algo que vi y sentí. Hay veces en que no lo creo ni yo mismo.

Yo pasé por ello, y eso basta. Uno no puede enfrentarse a ese viento y vivir. Fue una cosa monstruosa, y lo más monstruoso de todo era que se hacía más y más fuerte.

Imagine incontables millones y billones de toneladas de arena. Imagine esa arena volando a noventa, cien, ciento veinte, o cualquier otra cifra de millas por hora. Imagine, además, que esa arena es invisible, impalpable, aunque siga teniendo el peso y la densidad de la arena. Imagínese todo eso y podrá hacerse una ligera idea de lo que era aquel viento.

Quizás la arena no sea la comparación adecuada. Considérelo como fango, invisible, impalpable, pero tan pesado como el fango. No, va más allá. Considere que cada partícula de aire es una mole de fango. Luego intente imaginar el impacto multitudinario de las moles de fango. No, es superior a mí. El lenguaje puede ser adecuado para expresar las condiciones normales de la vida, pero no es posible expresar ninguna de las condiciones de aquella explosión de viento tan tremenda. Hubiera sido mejor atenerme a mi primera intención de no intentar describirlo.

Sólo diré esto: el mar, que se había levantado al principio, fue aplastado por el viento. Más todavía. Parecía como si el océano entero hubiera sido aspirado por las fauces del huracán, y arrojado en aquella porción de espacio que previamente ocupaba el aire.

Claro está, nuestro velamen había desaparecido mucho antes. Pero el capitán Oudouse tenía una cosa en la *Petite Jeanne* que nunca antes había visto en una goleta de los Mares del Sur: un ancla de capa. Era un saco cónico de lona, cuya boca se mantenía abierta gracias a un gran aro de hierro. El ancla de capa estaba embridada como una cometa, de tal modo que mordía el agua como una cometa muerde el aire, pero con una diferencia. El ancla de capa se mantenía justo bajo la superficie del océano en posición perpendicular. A su vez, un largo cable la conectaba con la goleta. Gracias a él, la *Petite Jeanne* corría de proa al viento y a las olas que había.

En verdad la situación hubiera podido ser favorable si no nos hubiésemos encontrado en la trayectoria de la tormenta. Cierto es que el propio viento arrancó nuestro velamen de los aferravelas, voló de cuajo nuestros masteleros e hizo una maraña con nuestros aparejos, pero aún hubiéramos salido bien parados si no hubiésemos estado directamente frente al centro de la tormenta que avanzaba. Eso decidió nuestra suerte. Yo estaba aturdido, entumecido, casi paralizado tras aguantar el impacto del viento, y creo que estaba a punto de rendirme y morir cuando el centro nos golpeó. El golpe que recibimos era una calma absoluta. No había ni un soplo de aire. El efecto era escalofriante.

Recuerde que durante horas habíamos aguantado una terrible tensión muscular, resistiendo la horrible presión de aquel viento. Y luego, de repente, la presión desapareció. Sé que sentí como si fuera a dilatarme y volar en pedazos por todas partes. Parecía como si cada átomo que formaba mi cuerpo repeliera a los otros átomos y estuviera a punto de precipitarse irresistiblemente al espacio. Pero aquello sólo duró un instante. La destrucción se cernía sobre nosotros.

En ausencia del viento y de la presión, el mar subió. Saltaba, brincaba, se elevaba directamente hacia las nubes. Recuerdo que desde cada punto del compás aquel viento inconcebible soplaba hacia el centro de la calma. El resultado fue que las olas saltaban desde todos los puntos cardinales. No había viento para frenarlas. Surgían como corchos soltados desde el fondo de un cubo de agua. No seguían ningún sistema, eran completamente inestables. Eran olas huecas, maniáticas. Medían por lo menos ochenta pies de altura. No eran olas en absoluto. No se parecían a ninguna ola que haya visto nunca un ser humano.

Eran salpicaduras, monstruosas salpicaduras... eso es todo. Salpicaduras de ochenta pies de altura. ¡Ochenta! Eran de más de ochenta. Pasaban por encima de la punta de los mástiles. Eran chorros, explosiones. Estaban ebrias. Caían por todas partes, de cualquier forma. Se empujaban las unas a las otras; colisionaban. Se precipitaban juntas y se colapsaban las unas sobre las otras, o se desplomaban como mil cascadas a la vez. El centro del huracán era un océano como nunca ha soñado hombre alguno. Era confusión tres veces confundida. Era la anarquía. Era un pozo infernal de agua de mar enloquecida.

¿La *Petite Jeanne*? No lo sé. El pagano me dijo después de aquello que no lo sabía. Fue literalmente destrozada, desgarrada, machacada, hecha trizas, aniquilada. Cuando volví en mí estaba en el agua, nadando como un autómata, aunque más que medio ahogado. No recuerdo cómo llegué allí. Recordaba haber visto a la *Petite Jeanne* volar en pedazos en el que debió ser el instante en que mi conciencia me fue arrancada. Pero allí estaba, sólo me quedaba hacerlo lo mejor posible, y aquel mejor poco prometía. El viento soplaba de nuevo, las olas eran mucho menores y más regulares, y supe que había pasado el centro. Afortunadamente no había tiburones por los alrededores. El huracán había dispersado a la horda hambrienta que rodeaba el barco de la muerte y se alimentaba con los muertos.

Debía de ser cerca del mediodía cuando la *Petite Je-*

anne quedó hecha pedazos, y debieron pasar dos horas más hasta que me alcé con una de sus tapas de escotilla. En ese momento caía una densa lluvia; y la pura suerte nos arrojó a mí y aquella tapa de escotilla juntos. Un trozo corto de cabo colgaba del asidero; y supe que podía aguantar un día, si los tiburones no volvían. Tres horas después, probablemente un poco más, aferrado a la tapa y, con los ojos cerrados, concentrando toda mi alma en la tarea de respirar suficiente aire para seguir adelante y al mismo tiempo de impedir aspirar demasiada agua para no ahogarme, me pareció oír voces. La lluvia había cesado, y el viento y las olas se estaban mitigando maravillosamente. Apenas a veinte pies de mí, sobre otra tapa de escotilla, se hallaban el capitán Oudouse y el pagano. Luchaban por la posesión de la tapa... por lo menos el francés.

—¡*Païen noir*!* —le oí gritar, y al mismo tiempo le vi darle una patada al canaco.

Ahora bien, el capitán Oudouse había perdido toda su ropa, excepto los zapatos, y eran unos zapatones pesados. Fue un golpe cruel, ya que alcanzó al pagano en la boca y en la punta de la barbilla, dejándolo medio sonado. Esperé su respuesta, pero se contentó con nadar desoladoramente a una distancia segura de diez pies. Cada vez que una ola lo acercaba, el francés, agarrándose con las manos, le lanzaba patadas con ambos pies. Además, en el momento de asestar cada puntapié, llamaba al canaco negro pagano.

—¡Por dos céntimos voy hasta allí y te ahogo, bestia blanca! —grité.

La única razón por la que no fui era que estaba demasiado cansado. Tan sólo pensar en el esfuerzo de na-

---

* «¡Negro pagano!», en francés en el original.

dar hasta allí me mareaba. Así que llamé al canaco para que se acercara y me dispuse a compartir la tapa de escotilla con él. Me dijo que se llamaba Otoo; además me dijo que era nativo de Bora Bora, la isla más occidental del archipiélago de las Sociedad. Como supe después, había encontrado la tapa de escotilla primero y, tras un tiempo, al encontrarse con el capitán Oudouse, le ofreció compartirla y en recompensa recibió los puntapiés.

Y así fue como Otoo y yo nos reunimos por primera vez. No era un luchador. Era todo dulzura y amabilidad, una criatura de amor, aunque medía casi seis pies de altura y tenía músculos de gladiador. No era un luchador, pero tampoco era un cobarde. Tenía el corazón de un león; y durante los años siguientes le vi correr riesgos que nunca soñé que aceptaría. Lo que quiero decir es que aunque no era un luchador, y aunque siempre evitaba provocar una pelea, nunca huyó de los problemas una vez habían empezado. Y una vez Otoo había entrado en acción había que tener cuidado. Nunca olvidaré lo que le hizo a Bill King. Ocurrió en la Samoa alemana. Bill King era aclamado como el campeón de los pesos pesados de la Armada americana. Era un gran bruto, un verdadero gorila, uno de esos tipos duros de pelar y camorristas, y así mismo muy listo con los puños. Él empezó la pelea, pateó a Otoo dos veces y le dio un puñetazo antes de que éste sintiera que era necesario luchar. No creo que durara ni cuatro minutos, al cabo de los cuales Bill King era el desdichado poseedor de cuatro costillas rotas, un antebrazo roto y un omoplato dislocado. Otoo no sabía nada de la ciencia del boxeo. Era simplemente un aporreador; y Bill King necesitó unos tres meses para recuperarse de los porrazos que recibió aquella tarde en la playa de Apia.

Pero estoy adelantándome en mi historia. Compartimos la tapa de escotilla entre los dos. Por turnos, uno se echaba sobre la tapa y descansaba, mientras el otro, sumergido hasta el cuello, simplemente se agarraba con las manos. Durante dos días y sus noches, un rato en la tapa y otro rato en el agua, fuimos a la deriva por el océano. Hacia el final yo deliraba la mayor parte del tiempo; y a veces también oía a Otoo balbucear y delirar en su lengua nativa. Nuestra continua inmersión nos impidió morir de sed, aunque el agua de mar y el sol nos ofrecieron la combinación más bonita de salazón y quemaduras de sol que se pueda imaginar.

Al final, Otoo me salvó la vida; ya que yacía en la playa a unos veinte pies del agua, protegido del sol por un par de hojas de cocotero. Nadie sino Otoo había podido arrastrarme hasta allí y colocar las hojas para darme sombra. Él yacía a mi lado. Volví a perder el sentido; y cuando de nuevo volví en mí, hacía una noche fresca y estrellada, y Otoo estaba apretando un coco contra mis labios para que bebiera.

Éramos los únicos supervivientes de la *Petite Jeanne*. El capitán Oudouse debió sucumbir al agotamiento, ya que varios días después su tapa de escotilla llegó a tierra sin él. Otoo y yo vivimos con los nativos del atolón durante una semana, luego nos rescató un crucero francés que nos llevó a Tahiti. Entretanto, sin embargo, cumplimos con la ceremonia de intercambiar nuestros nombres. En los Mares del Sur esta ceremonia une a dos hombres mucho más que la hermandad de sangre. La iniciativa fue mía; y Otoo se mostró entusiásticamente encantado cuando lo sugerí.

—Es bueno —dijo el tahitiano—. Ya que hemos sido compañeros durante dos días juntos en los labios de la Muerte.

—Pero la Muerte tartamudeó —sonreí.

—La tuya fue una gran hazaña, amo —replicó—, y la Muerte no fue lo bastante vil para hablar.

—¿Por qué me llamas «amo»? —le pregunté mostrándome dolido—. Hemos intercambiado nuestros nombres. Para ti yo soy Otoo. Para mí tú eres Charley. Y entre tú y yo, por siempre jamás, tú serás Charley y yo seré Otoo. Así lo dice la costumbre. Y cuando muramos, si es que volvemos a vivir en algún sitio más allá de las estrellas y el cielo, tú seguirás siendo Charley para mí y yo Otoo para ti.

—Sí, amo —contestó con los ojos relucientes y tiernos de alegría.

—¡Otra vez! —grité indignado.

—¿Qué importa lo que mis labios pronuncien? —argumentó—. Sólo son mis labios. Pero siempre pensaré Otoo. Siempre que piense en mí, pensaré en ti. Siempre que los hombres me llamen por mi nombre, pensaré en ti. Y más allá del cielo y más allá de las estrellas, por siempre jamás, tú serás Otoo para mí. ¿Está bien, amo?

Oculté mi sonrisa y contesté que estaba bien.

Nos separamos en Papeete. Yo me quedé en tierra para recuperarme, y el salió en un cúter hacia su propia isla, Bora Bora. Seis semanas después estaba de vuelta. Me sorprendió, ya que me había hablado de su mujer y me había dicho que volvía con ella y dejaría de hacer viajes lejanos.

—¿Adónde vas, amo? —preguntó tras los primeros saludos.

Me encogí de hombros. Era una pregunta difícil.

—A todo el mundo —fue mi respuesta—, a todo el mundo, todos los mares y todas las islas que hay en el mar.

—Iré contigo —dijo simplemente—. Mi mujer ha muerto.

Nunca tuve un hermano; pero por lo que he visto de los hermanos de otros hombres, dudo de que ningún hombre haya tenido un hermano que fuera para él como Otoo fue para mí. Era tanto un hermano como un padre y una madre. Y esto es lo que sé: viví como un hombre más recto y mejor gracias a Otoo. Los demás hombres me importaban poco, pero tenía que ser recto a ojos de Otoo. Para él, me esforcé por no enlodarme. Me convirtió en su ideal, componiéndome, me temo, principalmente a partir de su propio amor y adoración; y hubo veces en que estuve cerca de la profunda pendiente del infierno, y me hubiera zambullido en él si el pensar en Otoo no me hubiera contenido. Su orgullo por mí me penetró, hasta que se convirtió en una de las principales reglas de mi código personal no hacer nada que disminuyera ese orgullo que él sentía.

Naturalmente, no supe enseguida lo que él sentía respecto a mí. Nunca me criticó, nunca me censuró; y poco a poco el eminente lugar que ocupaba a sus ojos se me hizo visible, y poco a poco empecé a comprender el daño que podría infligirle por ser algo menos que lo mejor.

Estuvimos juntos diecisiete años, durante diecisiete años estuvo a mi lado, vigilando mientras dormía, cuidándome cuando tenía fiebre o estaba herido —sí, y recibiendo heridas al luchar por mí. Se enroló en los mismos barcos que yo; y juntos recorrimos el Pacífico desde Hawai hasta Sydney, y desde el estrecho de Torres hasta las Galápagos. Nos dedicamos al tráfico de negros desde Nuevas Hébridas y las islas de la Línea hasta el oeste, pasando por las Luisiadas, Nueva Bretaña, Nueva Irlanda y Nueva Hannover. Naufragamos tres veces —en las Gilbert, en el archipiélago de Santa Cruz y en las Fiyi. Y comerciamos y salvamos barcos en cualquier sitio que prometiera un dólar en forma de perlas y madreperla, copra, *bêche-de-mer**, carey y restos de naufragios.

Todo empezó en Papeete, inmediatamente después de su anuncio de que recorrería conmigo todos los mares y las islas sembradas por ellos. En aquella época había un club en Papeete donde los comerciantes de perlas, traficantes, capitanes y aventureros de los Mares del Sur se reunían. Se jugaba fuerte y la bebida era abundante; y mucho me temo que yo trasnochaba más de lo debido o conveniente. No importaba la hora que fuese cuando salía del club, Otoo estaba siempre esperándome para verme llegar a casa sano y salvo.

Al principio me hizo sonreír; luego le reprendí. Finalmente le dije rotundamente que no necesitaba ninguna nodriza. Tras esto no volví a verle al salir del club. Aunque como una semana después descubrí, totalmente por accidente, que aún me vigilaba al volver a casa, escondido entre las sombras de los mangos del otro lado de la calle. ¿Qué podía hacer? Sólo sé lo que hice.

Sin darme cuenta empecé a mejorar mi horario. En las noches húmedas y tormentosas, en plena locura y diversión, persistía en mí el pensamiento de Otoo manteniendo su aburrida vigilancia bajo los mangos chorreantes. En verdad, me convirtió en un hombre mejor. Aunque no era un mojigato. Y no sabía nada de la moralidad cristiana tradicional. Toda la gente de Bora Bora era cristiana; pero él era un pagano, el único no creyente de la isla, un burdo materialista, que creía que cuando muriera estaría muerto y ya está. Simplemente creía en el juego limpio y el trato correcto. En su código, una insignificante mezquindad era algo casi tan serio como un homicidio gratui-

* Véase nota en la página 87.

to; y creo que respetaba más a un asesino que a un hombre dedicado a prácticas mezquinas.

En cuanto a mí, personalmente, no objetó nada a mi modo de hacer las cosas que pudiera herirme. El juego estaba bien. Él mismo era un jugador apasionado. Pero trasnochar, explicaba, era malo para la salud. Había visto a hombres que no se cuidaban morir de fiebre. No era abstemio y agradecía un traguito fuerte en cualquier momento cuando había que trabajar duro en los botes. Por otro lado, creía en la moderación en cuanto a los licores. Había visto a muchos hombres asesinados o deshonrados por la ginebra o el whisky.

Otoo siempre tenía presente en su corazón mi bienestar. Se adelantaba a mis pasos, sopesaba mis planes y se interesaba por ellos más que yo mismo. Al principio, cuando no era consciente de su interés por mis asuntos, tenía que adivinar mis intenciones como, por ejemplo, en Papeete cuando pensé en asociarme con un compatriota bribón en un negocio de guano. Yo no sabía que era un truhán. Ni tampoco lo sabía ningún hombre blanco de Papeete. Ni siquiera Otoo lo sabía, pero vio que nos estábamos haciendo muy cercanos y lo averiguó por mí y sin preguntármelo. Unos marineros nativos del confín de los mares lo estaban criticando en una playa de Tahití; y Otoo, sólo por suspicacia, se unió a ellos hasta que reunió suficientes datos para justificar su suspicacia. Oh, era una bonita historia la de Randolph Waters. No podía creerla cuando Otoo me la contó por primera vez; pero cuando enfrenté a Waters con ella se rindió sin un murmullo y se marchó en el primer vapor hacia Auckland.

Al principio, debo confesar, no pude evitar cierto resentimiento por el hecho de que Otoo metiera sus narices en mis asuntos. Pero sabía que era completamente desinteresado; y pronto tuve que reconocer su prudencia y discreción. Siempre tenía los ojos abiertos en cuanto a mis mejores posibilidades, y poseía una visión a la vez aguda y penetrante. Con el tiempo se convirtió en mi consejero, hasta que supo más de mis negocios que yo mismo. Realmente le importaban más mis intereses que a mí. Yo me comportaba con la magnífica negligencia de la juventud, ya que prefería lo romántico a los dólares, y la aventura a un alojamiento confortable con toda la noche por delante. Así que me vino bien que alguien velara por mí. Sé que si no fuese por Otoo, hoy no estaría aquí.

De numerosos ejemplos, déjenme darles uno. Había tenido alguna experiencia en la trata de negros antes de dedicarme a las perlas en las Paumoto. Otoo y yo estábamos en la playa en Samoa —realmente estábamos en la playa y seriamente encallados— cuando se me presentó la ocasión de embarcarme como reclutador en un bergantín negrero. Otoo se enroló como marinero raso; y durante la siguiente media docena de años, en otros tantos barcos, recorrimos las partes más salvajes de Melanesia. Otoo siempre se ocupaba de ser el remero principal de mi bote. Nuestra costumbre en el trabajo de reclutamiento, era desembarcar al reclutador en la playa. El bote de protección siempre se quedaba con los remos listos a varios centenares de pies de la costa, mientras que el bote del reclutador, también con los remos listos, se mantenía a flote al borde de la playa. Cuando desembarcaba con mis mercancías, dejando el timón a la vertical, Otoo dejaba su posición de remero principal y se situaba en la popa, donde había un Winchester preparado al alcance de la mano bajo un trozo de lona. La tripulación del bote también iba armada, los Sniders estaban ocultos bajo trozos de lona a lo largo de la regala. Mientras yo estaba ocupado discutiendo y persuadiendo a los caníbales de cabezas lanudas para que viniesen a trabajar a las plantaciones de Queensland, Otoo vigilaba. Y muy a menudo su voz baja me avisaba de actos sospechosos e inminentes traiciones. Algunas veces fue el rápido disparo de su rifle, abatiendo a un negro, la primera advertencia que recibí. Y en mi precipitada carrera hacia el bote su mano siempre estaba allí para subirme de un envión. Recuerdo que una vez, en el *Santa Anna*, el bote encalló justo cuando empezaron los problemas. El bote de protección corrió en nuestra ayuda, pero varias veintenas de salvajes nos hubieran exterminado antes de que llegara. Otoo se lanzó de un salto a tierra, hundió sus dos manos en las mercancías y esparció en todas direcciones el tabaco, los abalorios, los tomahawks, los cuchillos y el calicó.

Aquello era demasiado para los cabezas lanudas. Mientras se peleaban por los tesoros, el bote fue empujado a salvo, con nosotros a bordo a cuarenta pies. Y conseguí treinta reclutas en aquella misma playa durante las cuatro horas siguientes.

Este ejemplo particular al que me refiero ocurrió en Malaita, la isla más salvaje de las Salomón orientales. Los nativos habían sido notablemente amistosos; ¿y cómo podíamos saber que el pueblo entero llevaba dos años haciendo una colecta para comprar una cabeza de hombre blanco? Estos mendigos son todos cazadores de cabezas y aprecian especialmente las cabezas de hombres blancos. Aquel que capture la cabeza recibirá toda la colecta. Como decía, parecían muy amistosos; y aquel día me encontraba en la playa a unas cien yardas del bote. Otoo me había prevenido; y como solía ocurrir cuando no le hacía caso, acabé mal.

La primera señal fue una nube de lanzas que surgió

del manglar hacia mí. Por lo menos se me clavó una docena. Empecé a correr, pero tropecé con una que me dio en la pantorrilla. Los cabezas lanudas corrieron tras de mí, cada uno con un tomahawk de mango largo y adornos de cola de abanico con el que partirme la cabeza. Estaban tan ansiosos por recibir el premio que tropezaban los unos con los otros. En la confusión, evité varios hachazos tirándome a derecha e izquierda en la arena.

Entonces llegó Otoo —Otoo el aporreador. De alguna manera había conseguido hacerse con una pesada maza de guerra y en el combate cuerpo a cuerpo era un arma mucho más eficaz que un rifle. Estaba en medio de ellos, así que no podían lancearlo, mientras sus tomahawks parecían poco menos que inútiles. Él luchaba por mí y le invadía una verdadera rabia demencial. La manera en que sujetaba la maza era asombrosa. Sus cráneos se aplastaban como naranjas demasiado maduras. Sólo después de haberlos hecho retroceder, haberme cogido en sus brazos y empezado a correr, recibió su primera herida. Llegó al bote con cuatro lanzas clavadas, cogió su Winchester y con él abatió a un hombre con cada disparo. Luego subimos a bordo de la goleta y atendieron nuestras heridas.

Estuvimos juntos diecisiete años. Él me hizo. Si no fuera por él, hoy sería un sobrecargo, un reclutador o un recuerdo.

—Te gastas el dinero y luego vas a conseguir más —me dijo un día—. Ahora es fácil conseguir dinero. Pero cuando seas viejo, tu dinero estará gastado y no serás capaz de conseguir más. Lo sé, amo. He estudiado al hombre blanco. Por las playas hay muchos ancianos que una vez fueron jóvenes y podían conseguir dinero tan bien como tú. Ahora son viejos y no tienen nada y esperan a los jóvenes como tú que llegan a tierra y les piden que les paguen un trago.

»El chico negro es un esclavo en las plantaciones. Le dan veinte dólares al año. Trabaja duro. El supervisor no trabaja duro. Monta a caballo y vigila el trabajo de los chicos negros. Le dan mil doscientos dólares al año. En una goleta yo soy marinero. Me dan quince dólares al mes. Y eso porque soy buen marinero. Trabajo duro. El capitán tiene un toldo doble y bebe cerveza de largas botellas. Nunca le he visto tirar de un cabo o empujar un remo. Le dan ciento cincuenta dólares al mes. Yo soy marinero. Él es navegante. Amo, creo que sería bueno para ti aprender navegación.

Otoo me incitó a ello. En mi primera goleta navegó conmigo como segundo oficial y estaba más orgulloso de mi mando de lo que yo lo estaba. Más tarde dijo:

—Al capitán le pagan bien, amo; pero el barco está a su cuidado y nunca está libre de la carga. El propietario está mejor pagado... el propietario que se sienta en tierra con muchos sirvientes y multiplica su dinero.

—Cierto, pero una goleta cuesta cinco mil dólares... y hablo de una goleta vieja —objeté—. Seré un anciano antes de que pueda ahorrar cinco mil dólares.

—Los blancos tienen maneras más rápidas de hacer dinero —prosiguió, señalando en tierra la playa bordeada de cocoteros.

En aquella época estábamos en las Salomón, recogiendo un cargamento de nuez de tagua en la costa este de Guadalcanar.

—Entre la desembocadura de este río y la siguiente hay dos millas —dijo—. La llanura se extiende a lo lejos. Ahora no vale nada. El año que viene... ¿quién sabe?... o al siguiente, los hombres pagarán mucho dinero por esta tierra. Es buen lugar para anclar. Los grandes vapores pueden acercarse mucho. Puedes comprar cuatro millas de profundidad de estas tierras al anciano jefe por mil palos de tabaco, diez botellas de ginebra y un Snider, que quizás te cuesten cien dólares. Luego dejas la escritura en manos del comisionado y el año que viene, o el siguiente, la vendes y te conviertes en propietario de un barco.

Seguí su consejo, y sus palabras se hicieron realidad, aunque en tres años en vez de dos. Después vino el negocio de las praderas en Guadalcanar —dos mil acres con un contrato de arrendamiento gubernamental de novecientos noventa y nueve años por una suma simbólica. Fui dueño del arriendo exactamente noventa días, hasta que se lo vendí a una compañía por media fortuna. Siempre era Otoo quien miraba hacia delante y veía la oportunidad. Fue el responsable del salvamento del *Doncaster* comprado a subasta por cien libras y del que sacamos tres mil tras haber pagado todos los gastos. Me llevó a la plantación Savaii y al negocio del cacao en Upolu.

Ya no navegábamos tanto como en el pasado. Yo estaba demasiado acomodado. Me casé y mi nivel de vida se elevó; pero Otoo seguía siendo el viejo Otoo de siempre, se movía por la casa o rondaba por la oficina, con su pipa de madera en la boca, una camiseta de un chelín sobre el torso y un lava-lava* de cuatro chelines sobre los lomos. No conseguí hacerle gastar dinero. No había forma de recompensarlo excepto con amor, y Dios sabe que lo tuvo en grandes cantidades de parte de todos nosotros. Los niños le adoraban; y si se le hubiera podido mimar, mi mujer seguramente hubiera sido su perdición.

---

* Vestimenta de los polinesios semejante a un pareo.

¡Los niños! Realmente fue él quien les enseñó a caminar por el mundo práctico. Empezó enseñándoles a andar. Se sentaba junto a ellos cuando estaban enfermos. Uno por uno, cuando apenas eran niños, se los llevaba a la laguna y los convertía en anfibios. Les enseñó más de lo que yo he sabido nunca sobre las costumbres de los peces y las maneras de capturarlos. En el monte fue lo mismo. Con siete años, Tom sabía más sobre el arte de los bosques de lo que nunca he soñado que existiera. Con seis años, Mary cruzaba la Roca Movediza sin temblar, y he visto a hombres fuertes retroceder ante tal hazaña. Y cuando Frank cumplió seis años podía recoger chelines a una profundidad de tres brazas.

—A mi pueblo en Bora Bora no le gustaban los paganos... todos son cristianos; y a mí no me gustan los cristianos de Bora Bora —me dijo un día, cuando yo, con la idea de hacerle gastar algo del dinero que le correspondía por derecho, había intentado persuadirle de que hiciera una visita a su propia isla en una de nuestras goletas, un viaje especial que esperaba rompiera el récord en cuanto a prodigalidad de gastos.

Digo una de *nuestras* goletas, aunque legalmente en aquella época me pertenecían. Tuve que luchar mucho con él para que nos asociáramos.

—Hemos sido socios desde el día en que la *Petite Jeanne* se hundió —dijo finalmente—. Pero si tu corazón tanto lo desea, entonces seremos socios ante la ley. No tengo trabajo que hacer, sin embargo mis gastos son grandes. Bebo, como y fumo a saciedad... cuesta mucho, lo sé. No pago por jugar al billar, ya que juego en tu mesa; pero aun así el dinero se va. Pescar en el arrecife es un placer de hombre rico. Es chocante el precio de los anzuelos y el sedal de algodón. Sí; es necesario que nos hagamos socios ante la ley. Necesito el dinero. Se lo pediré al jefe de empleados en la oficina.

Así que firmamos los papeles y los registramos. Un año después, me vi obligado a quejarme.

—Charley —dije—, eres un viejo farsante malvado, un tacaño avaricioso, un miserable cangrejo de tierra. Mira, tu parte en la sociedad correspondiente a este año es de miles de dólares. El jefe de empleados me ha dado este papel. Dice que en todo el año no has retirado más que ochenta y siete dólares y veinte centavos.

—¿Se me debe algo? —preguntó ansioso.

—Ya te he dicho que miles y miles de dólares —contesté.

Su rostro se iluminó como con un inmenso alivio.

—Está bien —dijo—. Cuida de que el jefe de empleados lleve bien la cuenta. Cuando los quiera, y los querré, no deberá faltar un céntimo.

—Si falta —añadió ferozmente tras una pausa—, tendrá que salir del salario del jefe.

Y durante todo ese tiempo, como supe después, su testamento, redactado por Carruthers y que me nombraba como único beneficiario, se encontraba a salvo en el consulado americano.

Pero llegó el final, como debe llegar un final para toda asociación humana. Ocurrió en las Salomón, donde hicimos los trabajos más salvajes en los salvajes días de nuestra juventud y donde nos hallábamos una vez más —principalmente de vacaciones, incidentalmente para inspeccionar nuestras posesiones en la Isla de Florida y examinar las posibilidades perleras del paso de Mboli. Nos encontrábamos en Savo, donde comerciábamos con curiosidades.

Ahora bien, Savo está lleno de tiburones. La costumbre de los cabezas lanudas de sepultar a sus muertos en el mar no tendía a disuadir a los tiburones de convertir las aguas adyacentes en un lugar de cita. Quiso mi suerte que me estuviera dirigiendo a bordo en una diminuta canoa nativa sobrecargada cuando ésta zozobró. En ella íbamos cuatro cabezas lanudas y yo, o más bien, nos agarrábamos a ella. La goleta estaba a unas cien yardas. Justo estaba llamando para que mandaran un bote cuando uno de los cabezas lanudas empezó a gritar. Agarrado al extremo de la canoa, ambos, él y aquella porción de la canoa, fueron hundidos varias veces. Luego perdió su agarre y desapareció. Se lo había llevado un tiburón.

Los tres negros que quedaban intentaron trepar fuera del agua sobre el fondo de la canoa. Grité y maldije y golpeé al que tenía más cerca con el puño, pero fue inútil. Estaban cegados por el miedo. La canoa apenas hubiera podido sostener a uno. Bajo el peso de los tres volcó y se balanceó de un lado a otro, lanzándolos de nuevo al agua.

Yo abandoné la canoa y empecé a nadar hacia la goleta, esperando que el bote me recogiera antes de llegar hasta allí. Uno de los negros eligió venir conmigo, y avanzamos nadando en silencio, lado a lado, metiendo la cara en el agua una y otra vez para mirar si venían tiburones. Los gritos del hombre que se había quedado junto a la canoa nos informaron de que había sido capturado. Estaba mirando fijamente en el agua cuando vi un gran tiburón pasar directamente por debajo de mí. Medía al menos dieciséis pies de largo. Lo vi todo. Agarró al cabeza lanuda por el medio, y se marchó, con el pobre diablo, cuya cabeza, hombros y brazos se mantenían fuera del agua, chillando de modo desgarrador. Lo arrastró de ese modo durante varios centenares de pies hasta que lo hundió bajo la superficie.

Seguí nadando obstinadamente, con la esperanza de que aquel fuera el último tiburón suelto. Pero había otro. No sé si era uno de los que habían atacado a los nativos antes o si era uno que había hecho una buena comida en otra parte. Sea como sea, no tenía tanta prisa como los demás. Ya no podía nadar tan rápidamente, ya que gran parte de mi esfuerzo lo dedicaba a seguirle la pista. Lo estaba vigilando cuando lanzó su primer ataque. Por suerte le di con las dos manos en el morro y, aunque su impulso casi me hunde, conseguí rechazarlo. Él cambió de rumbo y empezó a nadar en círculos a mi alrededor. Escapé una segunda vez con la misma maniobra. La tercera embestida fue un yerro por ambas partes. Se desvió en el momento en que mis manos debieron haber dado en su morro, pero su piel de papel de lija (yo llevaba una camiseta sin mangas) me desgarró la piel de un brazo desde el codo hasta el hombro.

Para entonces estaba agotado y abandoné toda esperanza. La goleta estaba aún a doscientos pies. Mi rostro estaba en el agua y lo vigilaba maniobrar para una nueva embestida, cuando vi un cuerpo oscuro pasar entre los dos. Era Otoo.

—¡Nada hacia la goleta, amo! —dijo. Y lo dijo alegremente como si el asunto fuera una simple broma—. Conozco a los tiburones. El tiburón es mi hermano.

Obedecí, nadando despacio, mientras Otoo nadaba a mi lado, siempre entre el tiburón y yo, frustrando sus embestidas y dándome ánimos.

—El aparejo del pescante se desprendió y están armando las jarcias —me explicó un minuto después, y luego se zambulló para rechazar otro ataque.

Cuando la goleta estaba a treinta pies yo me encontraba casi rendido. Apenas podía moverme. Nos estaban tirando cuerdas desde el barco, pero siempre se quedaban cortas. El tiburón, al ver que no resultaba herido, se había vuelto más audaz. Por poco me atrapa varias veces, pero siempre estaba Otoo allí en el momento justo antes de que fuera demasiado tarde. Por supuesto, Otoo podría haberse salvado a sí mismo en cualquier momento. Pero se mantuvo junto a mí.

—¡Adiós, Charley! ¡Estoy acabado! —conseguí jadear.

Sabía que había llegado mi hora y que en el momento siguiente dejaría caer mis manos y me hundiría.

Pero Otoo se rió en mi cara y dijo:

—Te enseñaré un nuevo truco. ¡Voy a hacer que ese tiburón se sienta enfermo!

Se colocó detrás de mí, donde el tiburón se preparaba a atacarme.

—¡Un poco más a la izquierda! —gritó después—. Ahí hay una cuerda en el agua. A la izquierda, amo... ¡a la izquierda!

Cambié el rumbo y proseguí a ciegas. Por entonces apenas estaba consciente. En el momento en que mi mano se cerraba sobre la cuerda oí una exclamación a bordo. Me giré y miré. No había señal de Otoo. Al instante siguiente surgió a la superficie. Tenía las dos manos cortadas por la muñeca, la sangre brotaba de los muñones.

—¡Otoo! —llamó suavemente. Y pude ver en su mirada el amor que emocionaba su voz.

Entonces, y sólo entonces, al cabo de todos nuestros años juntos, me llamó por aquel nombre.

—¡Adiós, Otoo! —llamó.

Luego lo arrastraron al fondo y a mí me izaron a bordo donde me desmayé en los brazos del capitán.

Y así se fue Otoo, quien me salvó y me convirtió en hombre, y al final me salvó de nuevo. Nos encontramos en las fauces de un huracán y nos separamos en las fauces de un tiburón, con un intervalo de diecisiete años de camaradería como me atrevo a decir que nunca ha habido entre dos hombres, el uno moreno y el otro blanco. Si Jehová, desde Su altura, mira caer a todos los gorriones, no será Otoo, el pagano de Bora Bora, el menos importante en Su reino.

5
LAS TERRIBLES SALOMÓN

No es ninguna exageración decir que las Salomón son un grupo de islas duras de pelar. Por otra parte, hay sitios peores en el mundo. Pero para un novato que carece de la comprensión esencial del hombre y de la vida en su lado más rudo, las Salomón pueden efectivamente resultar terribles.

Es cierto que las fiebres y la disentería están perpetuamente a la orden del día, que abundan repugnantes enfermedades de la piel, que el aire está saturado de un veneno que entra en cada poro, corte o abrasión e implanta úlceras malignas, y que muchos hombres fuertes que se libraron de la muerte volvieron hechos una ruina a su tierra. También es cierto que los nativos de las Salomón son salvajes con un gran apetito de carne humana y un afán por coleccionar cabezas humanas. A lo más que llega su instinto de deportividad es a sorprender a un hombre por la espalda y asestarle un astuto golpe de tomahawk rompiéndole la columna vertebral en la base del cráneo. Así mismo es verdad que en ciertas islas, como Malaita, la posición en la escala social se calcula en número de homicidios. Las cabezas son objeto de trueque, y las cabezas blancas son muy preciadas. Suele ocurrir que una docena de poblados reúne un bote, que engrosan luna tras luna, hasta que llega un valiente guerrero con una cabeza de hombre blanco, fresca y sanguinolenta, y reclama el bote.

Todo lo anterior es cierto, y sin embargo hay hombres blancos que han vivido en las Salomón un par de décadas y que luego las han añorado al marcharse. Un hombre sólo necesita ser prudente —y tener suerte— para vivir largo tiempo en las Salomón; pero también debe estar hecho de la madera necesaria. Debe llevar el sello del inevitable hombre blanco estampado en su alma. Ha de ser inevitable. Debe sentir una especial despreocupación por la adversidad, una presunción colosal y un egotismo racial que le convenza de que un hombre blanco vale más que un millar de negros de lunes a sábado, y que el domingo es capaz de acabar con dos mil de ellos. Éstas son las cosas que han vuelto al hombre blanco inevitable. Ah, y otra cosa... el blanco que desee ser inevitable no debe sólo despreciar a las razas inferiores y pensar sólo en sí mismo, sino también carecer de demasiada imaginación. No ha de entender demasiado los instintos, costumbres y procesos mentales de los negros, los amarillos y los morenos; no es así cómo la raza blanca ha conseguido abrirse una vía real por el mundo.

Bertie Arkwright no era inevitable. Era demasiado sensible, estaba hilado demasiado fino y tenía demasiada imaginación. El mundo le afectaba demasiado. Se mostraba demasiado frágil en su entorno. Así pues, el último lugar del mundo al que debía dirigirse eran las Salomón. No llegó a ellas con intención de quedarse. Decidió que una escala de cinco semanas entre dos barcos satisfaría esa llamada de lo primitivo que hacía vibrar todas las fibras de su ser. Al menos eso fue lo que les dijo a las turistas del *Makembo*, aunque en distintos términos; y le adoraron como a un héroe, ya que eran unas turistas que tan sólo conocían la seguridad de la cubierta del vapor mientras seguían su camino a través de las Salomón.

A bordo había otro hombre, en el que las señoras no se fijaron. Era una brizna de hombre, marchito y con la piel seca de color caoba. El nombre que aparecía en la lista de pasajeros no importa, pero su otro nombre, capitán Malu, lo utilizaban los negros para hacer conjuros y asustar a los negritos traviesos y hacer que se portaran bien desde Nueva Hannover hasta las Nuevas Hébridas. Había colonizado a salvajes e incluso el salvajismo, y de las fiebres y las privaciones, del resonar de los rifles y los latigazos de los capataces, había arrancado una fortuna de cinco millones en forma de *bêche-de-mer**, madera de sándalo, madreperla y carey, nuez de tagua y copra, praderas, almacenes y plantaciones. El dedo meñique del capitán Malu, fracturado, contenía más inevitabilidad que todo Bertie Arkwright. Pero las turistas sólo juzgaban por las apariencias y Bertie era desde luego un hombre apuesto.

Bertie habló con el capitán Malu en el salón de fumar y le confió su intención de observar la vida sangrienta de las Salomón. El capitán Malu admitió que la intención era ambiciosa y honorable. Pero no prestó realmente atención a Bertie hasta unos días más tarde, cuando el joven aventurero insistió en mostrarle una pistola automática de calibre 44. Bertie le explicó el mecanismo y le hizo una demostración introduciendo un cargador en la culata.

—Es muy sencillo —dijo. Hizo retroceder el cañón exterior sobre el interior—. Esto la carga y la amartilla, ¿ve? Y entonces todo lo que tengo que hacer es apretar el gatillo, ocho veces, tan rápido como puedan mis dedos. Mire este mecanismo de seguridad. Es lo que más me gusta. Es segura. Está hecha a prueba de tontos. —Sacó el cargador—. ¿Ve lo segura que es?

* Véase nota en la página 87.

Mientras la sostenía en la mano, la boca de la pistola apuntó hacia el estómago del capitán Malu. Sus ojos azules la miraban sin pestañear.

—¿Le importaría apuntar hacia otro lado? —preguntó.

—Es perfectamente segura, —le aseguró Bertie—. He sacado el cargador. Ahora no está cargada, ¿sabe?

—Las pistolas siempre están cargadas.

—Pero ésta no.

—Apártela de todas formas.

La voz del capitán Malu era llana, metálica y grave, pero sus ojos nunca dejaron de mirar la boca de la pistola hasta que se apartó de él.

—Le apuesto cinco dólares a que no está cargada— propuso Bertie acaloradamente.

El otro negó con la cabeza.

—Entonces se lo demostraré.

Bertie empezó a dirigir la boca de la pistola hacia su propia sien con la evidente intención de apretar el gatillo.

—Un segundo —le dijo el capitán Malu con calma, extendiendo la mano—. Déjeme echarle un vistazo.

Apuntó hacia el mar y apretó el gatillo. Se oyó una fuerte explosión que se confundió con el ligero clic del mecanismo que soltó un cartucho caliente y humeante hacia un lado de la cubierta. A Bertie se le cayó la mandíbula con sorpresa.

—Deslicé el cañón hacia atrás una vez, ¿no? —explicó—. He sido un idiota, debo admitirlo.

Soltó una risa floja y se sentó en una tumbona del barco. La sangre se había retirado de su rostro, mostrando ojeras bajo sus ojos. Sus manos temblaban y era incapaz de llevarse el cigarrillo a los labios. El mundo le afectaba demasiado y se vio a sí mismo con los sesos desparramados sobre cubierta.

—La verdad —dijo—... la verdad.

—Es un arma bonita —dijo el capitán Malu devolviéndole la automática.

El comisario volvía de Sydney a bordo del *Makembo* y, con su permiso, hicieron escala en Ugi para desembarcar a un misionero. En Ugi se encontraba el queche *Arla* al mando del capitán Hansen. El *Arla* era uno de los numerosos navíos que poseía el capitán Malu y a sugerencia e invitación suya Bertie subió a bordo del *Arla* como huésped para recorrer durante cuatro días las costas de Malaita en busca de hombres que reclutar. Después el *Arla* le dejaría en la plantación Reminge (también perteneciente al capitán Malu), donde Bertie podría quedarse una semana y volver luego a Tulagi, sede del gobierno, donde podría convertirse en huésped del comisario. El capitán Malu hizo dos sugerencias más, tras las cuales desaparece de esta narración. Una dirigida al capitán Hansen, la otra al señor Harriwell, capataz de la plantación Reminge. Ambas fueron del mismo tenor, a saber, que le ofrecieran al señor Bertram Arkwright una visión de la cruda y sanguinaria vida en las Salomón. También se murmuró que el capitán Malu había mencionado que una caja de whisky coincidiría con toda visión particularmente magnífica que tuviera el señor Arkwright.

* * *

—Sí, Swartz siempre fue demasiado terco. Mire, llevó a cuatro hombres de la tripulación a Tulagi a que los azotaran, oficialmente, ¿sabe?, luego volvió con ellos en el bote. Justo al salir sopló una borrasca y el bote zozobró. Swartz fue el único que se ahogó. Claro que fue un accidente.

—¿Sí? ¿Realmente? —preguntó Bertie, sólo medio interesado, mirando fijamente al hombre negro que estaba al timón.

Ugi había quedado a popa y el *Arla* bogaba por el veraniego mar hacia las sierras boscosas de Malaita. El timonel que tanto atraía la mirada de Bertie llevaba ostentosamente un clavo de diez peniques atravesándole a modo de pincho la nariz. Alrededor del cuello pendía una sarta de botones de pantalón. Encajados en los agujeros de las orejas llevaba un abrelatas, el mango roto de un cepillo de dientes, una pipa de cerámica, la rueda de latón de un despertador y varios cartuchos de Winchester. Sobre el pecho, colgaba desde el cuello medio plato de porcelana china. Unos cuarenta negros similarmente ataviados se encontraban en cubierta, quince de los cuales eran tripulantes del bote y los demás, trabajadores recién reclutados.

—Claro que fue un accidente —dijo el oficial de cubierta del *Arla*, Jacobs, un hombre esbelto de ojos oscuros que parecía más un profesor que un marinero—. Johnny Bedip casi tuvo el mismo accidente. Traía de vuelta a varios hombres que habían sido azotados, cuando le hicieron zozobrar. Pero sabía nadar tan bien como ellos, y dos se ahogaron. Utilizó un madero del bote y un revólver. Claro que fue un accidente.

—Este tipo de accidentes son muy comunes —comentó el capitán—. ¿Ve a ese hombre al timón, señor Arkwright? Es un caníbal. Hace seis meses, él y el resto de la tripulación ahogaron al entonces capitán del *Arla*. Lo hicieron en cubierta, a popa, justo junto al palo de mesana.

—La cubierta quedó en un estado espantoso —dijo el oficial.

—¿Estoy entendiendo bien...? —comenzó Bertie.

—Sí, exactamente —dijo el capitán Hansen—. Se ahogó accidentalmente.

—¿Pero en cubierta...?

—Exacto. No me importa decirle, aunque debe quedar entre nosotros, claro, que usaron un hacha.

—¿La tripulación que ahora manda usted?

El capitán Hansen asintió con la cabeza.

—El capitán anterior era muy descuidado —explicó el oficial—. Justo les dio la espalda cuando le dieron el golpe.

—Aquí no tenemos ninguna protección —se quejó el oficial—. El gobierno siempre protege a los negros de los blancos. No se puede disparar primero. Tiene que dejarle el primer disparo al negro o el gobierno lo llamará asesinato y lo mandará a Fiyi. Por eso se ahogan tantos por accidente.

Avisaron de que la cena estaba lista y Bertie y el capitán bajaron, dejando al oficial que vigilara la cubierta.

—No pierdas de vista a ese demonio negro de Auiki —avisó el capitán al marcharse—. No me gusta cómo mira desde hace unos días.

—Muy bien —dijo el oficial.

La cena llevaba servida desde hacía un rato y el capitán estaba en plena narración de la matanza del *Scottish Chiefs*.

—Sí —estaba diciendo—, era el mejor navío de la costa. Pero cuando bandeó y antes de chocar contra el arrecife, las canoas salieron en su persecución. Eran cinco hombres blancos y una tripulación de veinte hombres de Santa Cruz y Samoa, únicamente escapó el sobrecargo. Además había sesenta reclutas. Todos fueron *kai-kai*.

—¿*Kai-kai*?...

—Oh, perdone. Quiero decir que se los comieron. Luego está el *James Edwards*, un cúter bien armado...

Pero en ese momento oyeron una maldición del oficial de cubierta y un coro de gritos salvajes. Hubo tres disparos y llegó a sus oídos un chapoteo. El capitán Hansen subió la escalerilla al instante y Bertie quedó fascinado al ver la rapidez con que sacaba su revólver mientras se precipitaba hacia la cubierta. Bertie subió, más cautelosamente, dudando antes de asomar la cabeza por el hueco de la escalerilla. Pero no ocurrió nada. El oficial temblaba de excitación con el revólver en la mano. En un momento dado se asustó y dio media vuelta de un salto, como si un peligro amenazara su espalda.

—Uno de los nativos ha caído por la borda —dijo con una extraña tensión en la voz—. No sabía nadar.

—¿Quién era? —preguntó el capitán.

—Auiki —fue la respuesta.

—Pero, bueno, he oído disparos —dijo Bertie, temblando de ansiedad, ya que aquello olía a aventura, una aventura que, felizmente, había pasado.

El oficial se giró hacia él gruñendo:

—Es una maldita mentira. No ha habido ningún disparo. El negro cayó por la borda.

El capitán miró a Bertie sin parpadear, sin brillo.

—Yo... creía... —empezó Bertie.

—¿Disparos? —dijo el capitán Hansen, distraídamente—. ¿Disparos? ¿Ha oído algún disparo, señor Jacobs?

—Ningún disparo,— contestó el señor Jacobs.

El capitán miró triunfalmente a su huésped y dijo:

—Claramente un accidente. Bajemos, señor Arkwright, y acabemos la cena.

Aquella noche Bertie durmió en el camarote del capitán, un pequeño compartimento al lado de la cabina principal. El mamparo delantero estaba decorado con una colección de rifles. Sobre el camastro había otros tres rifles. Bajo él había un gran cajón, el cual, al tirar de él, encontró repleto de munición, dinamita y varias cajas de detonadores. Eligió acostarse en el sofá que había en el lado opuesto. Sobre la pequeña mesa yacía ostensiblemente el diario de a bordo del *Arla*. Bertie ignoraba que el capitán Malu lo había preparado especialmente para aquella ocasión y leyó en él cómo el 21 de septiembre dos tripulantes habían caído por la borda y se habían ahogado. Bertie leyó entre líneas y adivinó lo que esto significaba. Leyó cómo el bote del *Arla* cayó en una emboscada en Su'u y perdió a tres hombres; cómo el capitán descubrió al cocinero guisando carne humana en los fogones —carne comprada por la tripulación en las costas de Fui; cómo una descarga de dinamita accidental había matado a otro miembro de la tripulación mientras hacía señales; leyó sobre ataques nocturnos, huidas de puertos al amanecer; ataques de hombres del interior en los manglares y de legiones de hombres de la costa en los pasos más anchos. Con frecuente monotonía se mencionaban muertes por disentería. Se fijó alarmado en que dos hombres blancos —huéspedes, como él— también habían muerto a bordo del *Arla*.

—Verá usted —le dijo Bertie al capitán Hansen al día siguiente—. Le he echado un vistazo a su diario de a bordo.

El capitán mostró rápidamente su irritación por dejar el diario al alcance de cualquiera.

—Y toda esa disentería, así como los ahogados accidentalmente —prosiguió Bertie—. ¿Qué representa realmente la disentería?

El capitán admiró abiertamente la perspicacia de su huésped, se puso rígido para negar con indignación y luego se rindió con cortesía.

—Mire usted, así son las cosas, señor Arkwright. Suficiente mala fama tienen ya estas islas. Cada día es más difícil contratar a hombres blancos. Suponga que matan a un hombre. La compañía tiene que pagar una gran suma por otro hombre que le sustituya. Pero si el hombre muere simplemente por enfermedad, no hay problema. Los novatos no se preocupan por las enfermedades. Fijan el límite en ser asesinados. Yo pensaba que el capitán del *Arla* había muerto de disentería cuando ocupé su lugar. Luego era demasiado tarde. Ya había firmado el contrato.

−Además −dijo el señor Jacobs−, en total había demasiados ahogados por accidente. Parecía algo sospechoso. Es por culpa del gobierno. Un hombre blanco no tiene ninguna oportunidad de defenderse frente a un negro.

−Sí, fíjese en el *Princess* y el oficial de cubierta yanqui −el capitán empezó la historia−. A bordo iban cinco hombres blancos además del agente del gobernador. El capitán, el agente y el sobrecargo estaban en tierra con dos botes. Los mataron a todos. El oficial de cubierta y el contramaestre, con unos quince tripulantes −de Samoa y Tonga− estaban a bordo. Una muchedumbre de negros llegó desde la orilla. Cuando el oficial se dio cuenta, el contramaestre y la tripulación resultaron muertos en el primer ataque. El oficial agarró tres cartucheras y dos Winchesters y trepó a las crucetas. Fue el único superviviente y no se le puede reprochar estar loco. Disparó un rifle hasta que se calentó demasiado para sostenerlo, luego disparó el otro. El puente estaba cubierto de negros. Lo limpió todo. Fue derribándolos mientras saltaban por la borda y siguió derribándolos mientras cogían sus remos. Luego saltaron al agua y empezaron a nadar y, loco como estaba, alcanzó a media docena más. ¿Y qué ganó con ello?

−Siete años en Fiyi −interrumpió el oficial.

−El gobierno dijo que no había justificación para seguir disparando cuando se tiraron al agua —explicó el capitán.

—Y por eso hoy en día mueren de disentería —añadió el oficial.

—Es increíble —dijo Bertie, anhelando que acabara el crucero.

Más tarde ese día interrogó al negro del que le habían dicho que era un caníbal. El nombre del tipo era Sumasai. Había pasado tres años en la plantación Queensland. Había estado en Samoa, Fiyi y Sydney; y como tripulante había participado en viajes de reclutamiento por Nueva Bretaña, Nueva Irlanda, Nueva Guinea y las islas del Almirantazgo. También era un bromista y había notado lo que el capitán se traía entre manos. Sí, se había comido a muchos hombres. ¿Cuántos? No podía recordar la suma. Sí, hombres blancos también; estaban muy buenos, a menos que estuvieran enfermos. Una vez se comió a uno enfermo.

—¡Palabra de honor! —gritó al recordarlo—. Yo mucho enfermo por eso. Mi estómago mucho moverse.

Bertie se estremeció y le preguntó por las cabezas. Sí, Sumasai tenía varias escondidas en tierra, en buenas condiciones, desecadas al sol y curadas con humo. Una era del capitán de una goleta. Tenía largos bigotes. La vendería por dos libras. Las cabezas de hombres negros se vendían por una. Tenía algunas cabezas de niños negritos, en peores condiciones, que dejaría por diez chelines.

Cinco minutos después, Bertie estaba sentado en el hueco de la escalerilla junto a un negro con una horrible enfermedad de la piel. Se apartó y tras preguntar le dijeron que era lepra. Bajó corriendo y se limpió con jabón antiséptico. Se dio varios lavados antisépticos ese día ya que todos los nativos padecían úlceras malignas de un tipo u otro.

Cuando el *Arla* fondeó en medio de los manglares, colocaron una doble fila de alambre de púas alrededor de la borda. El asunto parecía serio y cuando Bertie vio las canoas alineadas en la orilla, armadas con lanzas, arcos, flechas y rifles Snider, deseó más que nunca que el crucero hubiera acabado.

Aquella tarde los nativos tardaron en abandonar el barco al anochecer. Unos cuantos se quedaron mirando al oficial de cubierta cuando ordenó que volvieran a tierra.

—No importa, yo me haré cargo —dijo el capitán Hansen, desapareciendo hacia abajo.

Cuando volvió le enseñó a Bertie un cartucho de dinamita atado a un garfio. Se da el caso de que una botella de cloridina envuelta en papel por donde asoma un trozo de mecha inofensiva puede engañar a cualquiera. Engañó a Bertie y engañó a los nativos. Cuando el capitán Hansen encendió la mecha y enganchó el garfio en la parte trasera del taparrabos de un nativo, a éste le entró tal deseo de llegar a la orilla que olvidó despojarse del taparrabos. Empezó a correr, con la mecha crepitando y chisporroteando a sus espaldas, los nativos tras él se daban cabezazos sobre el alambre de púas a cada salto. Bertie estaba horrorizado. Así como el capitán Hansen. Se había olvidado de los veinticinco reclutas, por los que había pagado treinta chelines de anticipo a cada uno. Saltaron por la borda con los que moraban en la costa, seguidos por el que arrastraba la chispeante botella de cloridina.

Bertie no vio cómo explotaba la botella; pero el oficial tiró oportunamente un cartucho de dinamita de verdad a popa donde no heriría a nadie y Bertie habría jurado ante cualquier tribunal del almirantazgo que un negro voló en pedazos.

La huida de los veinticinco reclutas le había costado

de hecho cuarenta libras al *Arla* y al haberse adentrado en la selva, no había ninguna esperanza de recuperarlas. El capitán y el oficial procedieron a ahogar su pena en té frío. El té frío estaba metido en botellas de whisky, así que Bertie no sabía que era té frío lo que estaban ingurgitando. Todo lo que supo es que ambos se emborracharon mucho y discutieron elocuente y detenidamente sobre si la muerte del negro explosionado debía inscribirse como disentería o ahogamiento accidental. Cuando ambos empezaron a roncar, Bertie era el único blanco que quedaba y estuvo vigilando el peligro hasta el alba, temiendo un ataque desde la orilla o un motín de la tripulación.

El *Arla* pasó otro tres días por esas costas, y durante las tres noches el capitán y el oficial bebieron con mucha pasión té frío, dejando que Bertie vigilara. Sabían que podían contar con él, mientras él estaba igualmente seguro de que si sobrevivía podría informar al capitán Malu de sus borracheras. Finalmente el *Arla* echó el ancla en la plantación Reminge, en Guadalcanar, y Bertie desembarcó en la playa con alivio y saludó al capataz. El señor Harriwell estaba preparado para su llegada.

—Ahora no debe preocuparse si algunos de nuestros hombres parecen abatidos —dijo el señor Harriwell, apartándole a un lado para hacerle la confidencia—. Se rumorea que va a haber un motín y debo admitir que he visto algunas señales sospechosas, pero personalmente creo que son tonterías.

—¿Cuántos... cuántos negros tiene en la plantación? —preguntó Bertie con el corazón en un puño.

—Ahora mismo cuatrocientos —contestó el señor Harriwell alegremente—. Pero nosotros tres, con usted, claro está, y el capitán y el oficial del *Arla* podemos arreglárnoslas perfectamente.

Bertie se giró para saludar a un tal McTavish, encargado de la tienda, que apenas le devolvió el saludo tan impaciente estaba por presentar su dimisión.

—Resulta que soy un hombre casado, señor Harriwell, realmente no puedo quedarme por más tiempo. Se está tramando algo, tan claro como la nariz en medio de su cara. Los negros van a amotinarse y aquí va a repetirse el horror de Hohono.

—¿Qué horror es ése? —preguntó Bertie, después de que hubieran convencido al tendero para que se quedara hasta final de mes.

—Oh, se refiere a la plantación Hohono, en Isabel —dijo el capataz—. Los negros mataron a los cinco blancos en tierra, se hicieron con la goleta, mataron al capitán y al oficial y escaparon de una pieza a Malaita. Pero siempre digo que en Hohono eran unos descuidados. Aquí no nos pillarán desprevenidos. Venga conmigo, señor Arkwright, y observe las vistas desde la veranda.

Bertie estaba demasiado ocupado preguntándose cómo podría llegar a Tulagi a casa del comisario para disfrutar de las vistas. Aún se lo estaba preguntado cuando sonó un rifle cerca de él, a sus espaldas. En aquel mismo instante, el señor Harriwell tiró de él hacia el interior con tanta fuerza que casi le dislocó el brazo.

—Vaya, amigo, por un pelo —dijo el capataz, manoseándole para ver si le habían dado—. No sabe cuánto lo siento. Pero a plena luz del día nunca me lo hubiera imaginado.

Bertie estaba poniéndose pálido.

—Así mataron al capataz anterior —admitió McTavish—. Y era un hombre que valía mucho. Sus sesos se desparramaron por toda la veranda. ¿Ve esa mancha oscura allí entre las escaleras y la puerta?

Bertie estaba maduro para el cóctel que el señor Harriwell había preparado para él; pero antes de que pudiera bebérselo, un hombre con pantalones de montar y *puttees** entró.

—¿Y ahora qué pasa? —preguntó el capataz, tras mirar la cara del recién llegado—. ¿Ha vuelto a desbordarse el río?

—Qué río ni qué demonios... son los negros. Salieron de entre las cañas, no estaban ni a doce pies y uno me disparó. Con un Snider, me disparó desde la cadera. Lo que quiero saber es ¿de dónde sacó ese Snider?... Oh, disculpen. Encantado de conocerle, señor Arkwright.

—El señor Brown es mi ayudante —explicó el señor Harriwell—. Y ahora tomemos ese trago.

—Pero, ¿de dónde sacó ese Snider? —insistió el señor Brown—. Siempre me he opuesto a tener esas armas en la oficina.

—Y allí siguen —dijo el señor Harriwell con cierta cólera.

El señor Brown sonrió con incredulidad.

—Vaya y compruébelo —dijo el capataz.

Bertie se unió a la procesión hasta la oficina, donde el señor Harriwell señaló triunfalmente una gran caja en un rincón polvoriento.

—Bueno, entonces, ¿de dónde sacó el Snider ese andrajoso? —remachó el señor Brown.

Pero justo en ese momento McTavish levantó la caja. El capataz se sobresaltó y luego arrancó la tapa. La caja estaba vacía. Se miraron los unos a los otros en un silencio horrorizado. Harriwell se encogió cansado.

---

* Pieza larga y estrecha de tela que se enrolla en espiral desde el tobillo hasta la rodilla, usada sobre todo por los soldados de caballería de la Commonwealth británica.

Finalmente McTavish soltó una maldición.

—Siempre lo he dicho... no se puede confiar en los criados.

—Esto parece serio —admitió Harriwell—, pero acabaremos con todo esto. Lo que estos negros sanguinarios necesitan es un buen susto. Por favor, caballeros, ¿podrían llevar sus rifles al comedor? Y usted, señor Brown, ¿podría preparar si es tan amable cuarenta o cincuenta cartuchos de dinamita? Póngales mechas cortas y de las buenas. Les daremos una lección. Y ahora, caballeros, la cena está servida.

Una de las cosas que odiaba Bertie era el arroz con curry, así que fue el único en servirse de una apetitosa tortilla. Había acabado su plato cuando Harriwell se sirvió a su vez. Probó un bocado y luego lo escupió vociferando.

—Ésta es la segunda vez —anunció McTavish ominosamente.

Harriwell seguía carraspeando y escupiendo.

—¿Segunda vez que qué? —tembló Bertie.

—Veneno —le respondieron—. Habría que colgar ya al cocinero.

—Así es como mataron al contable en cabo Mars —dijo Brown—. Una muerte horrible. Los del *Jessie* dijeron que le oyeron gritar a tres millas a la redonda.

—Voy a cargar al cocinero de grilletes —farfulló Harriwell—. Menos mal que lo hemos descubierto a tiempo.

Bertie estaba paralizado. El color había abandonado su rostro. Se esforzó en hablar, pero sólo le salió un balbuceo inarticulado. Todos le miraban ansiosos.

—No lo diga, no lo diga —gritó McTavish con voz tensa.

—Sí, ¡me la he comido, mucha, todo un plato! —gritó Bertie explotando, como un buceador que recobrara el aliento de repente.

El terrible silencio que siguió se prolongó durante un largo minuto y leyó su destino en sus ojos.

—Quizás al fin y al cabo no fuera veneno —dijo Harriwell sombríamente.

—Llamen al cocinero —dijo Brown.

El cocinero entró, un muchacho negro sonriente con un pincho en la nariz y las orejas agujereadas.

—Ven aquí, Wi-wi, ¿qué nombre esto? —rugió Harriwell señalando acusadoramente la tortilla.

Naturalmente, Wi-wi estaba asustado y azorado.

—Eso bueno *kai-kai* —murmuró disculpándose.

—Oblíguelo a comérsela —sugirió McTavish—. Será la mejor prueba.

Harriwell llenó una cuchara con la cosa en cuestión y saltó hacia el cocinero, pero éste huyó presa del pánico.

—No hay más que decir —pronunció solemnemente Brown—. No se la ha comido.

—Señor Brown, por favor ¿puede salir y ponerle los grilletes? —Harriwell se giró hacia Bertie alegremente—. No se preocupe, amigo, el comisario se ocupará de él y, dependiendo de si muere usted, lo colgarán.

—No creo que el gobierno lo haga —objetó McTavish.

—Pero caballeros, caballeros —gritó Bertie—. Mientras tanto piensen en mí.

Harriwell se encogió de hombros compasivo.

—Lo siento, amigo, pero es un veneno de los nativos y no se conoce ningún antídoto para los venenos de los nativos. Intente serenarse, y si...

Fuera, dos disparos de rifle interrumpieron el discurso y Brown entró, recargó su rifle y se sentó a la mesa.

—El cocinero está muerto —dijo—. Fiebre. Un repentino ataque de fiebre.

—Precisamente le estaba diciendo al señor Arkwright que no hay antídotos para los venenos de los nativos...

—Excepto la ginebra —dijo Brown.

Harriwell se llamó a sí mismo despistado y corrió en busca de una botella de ginebra.

—Sola, hombre, pura —advirtió a Bertie que se tragó un vaso casi enteramente lleno de licor y tosió y se ahogó por el amargo sabor hasta que las lágrimas rodaron por sus mejillas.

Harriwell le tomó el pulso y la temperatura, montó todo un espectáculo mientras se ocupaba de él y dudó de que la tortilla estuviera envenenada. Brown y McTavish también lo dudaron; pero Bertie advirtió un tono poco sincero en sus voces. Ya no tenía apetito y se tomó el pulso a hurtadillas bajo la mesa. No había duda de que estaba aumentando, pero no lo relacionó con la ginebra que había bebido. McTavish, rifle en mano, salió a la veranda a reconocer el terreno.

—Se están agrupando ante la casa del cocinero —informó—. Y tienen un sinfín de Sniders. Mi idea es acercarnos sigilosamente por el otro lado y atacar por el flanco. Ser los primeros en disparar. ¿Viene conmigo Brown?

Harriwell siguió comiendo, mientras Bertie notaba que su pulso había aumentado en cinco latidos. Sin embargo, no pudo evitar saltar cuando empezaron a sonar los disparos. Por encima de los disparos de Sniders se podía oír el martilleo de los Winchesters de McTavish y Brown —todo sobre un fondo de alaridos y gritos endemoniados.

—Los han dispersado —observó Harriwell cuando las voces y los disparos se hicieron más lejanos.

Apenas habían vuelto a la mesa Brown y McTavish, cuando este último hizo una observación.

—Tienen dinamita —dijo.

—Entonces ataquémosles con dinamita —propuso Harriwell.

Se metieron media docena de cartuchos cada uno en los bolsillos y equipados con puros encendidos, se dirigieron a la puerta. Y entonces ocurrió. Más tarde culparon a McTavish por ello y éste admitió que la carga había sido un pelín excesiva. Sea como fuere, estalló debajo de la casa, que se elevó sobre un costado y luego recayó sobre sus cimientos. La mitad de la vajilla china que estaba sobre la mesa se hizo añicos, mientras que el reloj, con cuerda para ocho días, se paró. Gritando venganza, los tres hombres salieron corriendo en la noche y el bombardeo empezó.

Cuando volvieron, Bertie había desaparecido. Se había arrastrado hasta la oficina, se había atrincherado y tendido en el suelo sufriendo las pesadillas causadas por la ginebra, en las que murió mil veces mientras se libraba el valeroso combate a su alrededor. Por la mañana, enfermo y con jaqueca por la ginebra, se arrastró fuera para hallar que el sol seguía en el cielo y Dios presumiblemente también, puesto que sus anfitriones estaban vivos e ilesos.

Harriwell le rogó que se quedara unos días más, pero Bertie insistió en zarpar inmediatamente en el *Arla* hacia Tulagi, donde no se alejó de la casa del comisario hasta que llegó el momento de partir en el siguiente vapor. A bordo iban turistas femeninas y Bertie fue de nuevo un héroe, mientras el capitán Malu, como de costumbre, pasó desapercibido. Pero el capitán Malu mandó desde Sydney dos cajas del mejor whisky del mercado, ya que no fue capaz de decidir cuál de sus empleados, el capitán Hansen o el señor Harriwell, había ofrecido a Bertie Arkwright la visión más magnífica de la vida en las Salomón.

6
MAUKI

Pesaba ciento diez libras. Tenía el pelo crespo y negruzco, y era negro. Pero su piel negra era particular. No era ni negro azulado ni negro morado, sino negro color ciruela. Se llamaba Mauki, y era hijo de un jefe. Tenía tres *tambos*. *Tambo* es la palabra melanesia para «prohibición», y es prima hermana de la palabra polinesia *tabú*. Los tres *tambos* de Mauki eran los siguientes: primero, nunca debía estrechar la mano a una mujer, ni dejar que una mano de mujer le tocara ni tocara ninguno de sus efectos personales; segundo, no debía comer almejas ni ningún alimento preparado en un fuego en que se hubieran cocinado almejas; tercero, nunca debía tocar un cocodrilo, ni viajar en una canoa que transportara una parte de cocodrilo aunque fuera tan pequeña como un diente.

Sus dientes eran de un negro distinto, un negro profundo, o, mejor dicho, de un negro hollín. Habían quedado así en una sola noche, su madre los frotó con polvo de un mineral procedente de un yacimiento que había detrás de Port Adams. Port Adams es un pueblo costero de Malaita, y Malaita es la isla más salvaje de las Salomón —tan salvaje que ningún comerciante ni colono ha conseguido aún poner pie en ella; mientras que desde los tiempos de los primeros pescadores de *bêche-de-mer** y comerciantes de madera de sándalo hasta los últimos reclutadores de

---

* Véase nota en la página 87.

mano de obra equipados con rifles automáticos y motores de gasolina, decenas y decenas de aventureros blancos han muerto a golpes de tomahawk o por las balas expansivas de los fusiles Snider. Así que Malaita sigue siendo hoy, en el siglo xx, territorio de los reclutadores de mano de obra, que recorren sus costas en busca de trabajadores que se ofrecen para ser contratados en las duras labores de las plantaciones de las islas vecinas, más civilizadas, por un sueldo de treinta dólares al año. Los nativos de estas islas vecinas más civilizadas se han vuelto demasiado civilizados para trabajar en las plantaciones.

Mauki tenía las orejas agujereadas, no con un agujero, o dos, sino con un par de docenas. En uno de los más pequeños llevaba una pipa de arcilla. Los mayores eran demasiado grandes para este propósito. El cazo de la pipa podía pasar a través de ellos. De hecho, en el mayor de los agujeros de cada oreja llevaba habitualmente unos tapones de madera que podían llegar a medir cuatro pulgadas de diámetro. Mauki era de gustos muy eclécticos. En los agujeros más pequeños llevaba todo tipo de cosas como cartuchos de rifle vacíos, clavos de herradura, tornillos de cobre, trozos de cuerda, cordeles trenzados, tiras de hojas verdes y, cuando refrescaba el día, flores de hibisco escarlatas. De esto se deduce que no necesitaba bolsillos para su bienestar. Además, le era imposible tener bolsillos ya que su única vestimenta consistía en un trozo de percal de varias pulgadas de anchura. Llevaba un cortaplumas en el pelo con la hoja cerrando en un mechón rizado. Su posesión más preciada era el asa de una taza de porcelana china, que llevaba colgada de un aro de concha de tortuga, que, a su vez, le colgaba del tabique de la nariz.

Pero a pesar de estos adornos, Mauki tenía un rostro agradable. Era realmente un rostro hermoso, desde cualquier punto de vista, y, para ser un melanesio, era realmente un rostro bello. Su único defecto era una falta de firmeza. Era un poco afeminado, tipo muchacha. Sus facciones eran pequeñas, regulares y delicadas. El mentón era débil, y la boca también. No tenía fuerza ni carácter en las mandíbulas, la frente y la nariz. Sólo en sus ojos se podía captar un indicio de sus ocultas cualidades que formaban gran parte de su carácter y que otras personas no podrían entender. Estas cualidades ocultas eran el valor, la perseverancia, la intrepidez, la imaginación y la astucia; y cuando se expresaban en alguna acción consecuente y destacada, los que le rodeaban quedaban estupefactos.

El padre de Mauki era el jefe del poblado de Port Adams, y por ello, al nacer como hombre de la costa, Mauki era medio anfibio. Lo sabía todo de los peces y las ostras, y el arrecife era un libro abierto para él. También sabía de canoas. Aprendió a nadar con un año. Con siete años podía aguantar la respiración todo un minuto y nadar hasta el fondo del agua a unos treinta pies. También con siete años fue robado por hombres del interior que ni siquiera sabían nadar y le tienen miedo al agua salada. Desde entonces Mauki sólo pudo ver el mar desde lo lejos, a través de claros en la jungla y desde los espacios abiertos en lo alto de las montañas. Se convirtió en esclavo del viejo Fanfoa, jefe de una veintena de poblados del interior diseminados por los picos de la sierra de Malaita, cuyas columnas de humo, visibles en las mañanas claras, eran la única prueba que los marineros blancos tenían de la existencia de aquellos abundantes pobladores del interior. Ya que los blancos nunca penetraban en Malaita. Una vez lo intentaron, en los días en que buscaban oro, pero siempre perdieron allí sus cabezas que quedaron sonrientes en las ahumadas vigas de las cabañas de los hombres del interior.

Cuando Mauki era un joven de diecisiete años, a Fanfoa se le acabó el tabaco. La situación era terrible. Eran tiempos duros para todos sus poblados. Y es que había cometido un error. Suo era un puerto tan pequeño que una goleta no podía fondear en él. Estaba rodeado de mangles que colgaban sobre las profundas aguas. Era una trampa, y en la trampa habían caído dos hombres blancos en un pequeño queche. Estaban buscando mano de obra, y traían mucho tabaco y mercancías para el trueque, por no decir nada de los tres rifles y el montón de munición. Ya no quedaba ningún hombre de la costa viviendo en Suo, y era el lugar donde los hombres del interior podían llegar al mar. Los del queche hicieron un gran negocio. Consiguieron veinte firmas el primer día. Incluso el viejo Fanfoa firmó. Y ese mismo día la veintena de nuevos reclutas cortaron las dos cabezas blancas, mataron a la tripulación y quemaron el queche. Después, y durante tres meses, hubo tabaco y mercancías en abundancia y de sobra en todos los poblados del interior. Entonces llegó el hombre-de-la-guerra lanzando proyectiles a muchas millas de distancia por las colinas y asustando a los nativos que salieron de sus poblados para adentrarse en la selva. Luego el hombre-de-la guerra mandó varios destacamentos a tierra. Quemaron todos los poblados, así como el tabaco y las mercancías. Talaron los cocoteros y los bananos, arrancaron los huertos de malanga y mataron a los cerdos y los pollos.

Fanfoa aprendió la lección, pero, mientras tanto, se quedó sin tabaco. Además, los jóvenes estaban demasiado asustados para firmar por reclutarse en aquellas naves. Por ello Fanfoa ordenó que bajaran a su esclavo, Mauki, y se enrolara por media caja de tabaco, así como cuchillos, hachas, percal y abalorios, que pagaría con su trabajo en las plantaciones. Mauki estaba muy asustado cuando lo subieron a bordo de la goleta. Era como un cordero conducido al matadero. Los hombres blancos eran criaturas feroces. Tenían que serlo, sino no se habrían aventurado por las costas de Malaita y en todos los puertos, con dos hombres en cada goleta cuando cada una llevaba quince o veinte negros como tripulación y a menudo tanto como sesenta o setenta negros reclutados. Además, siempre existía el peligro de los habitantes de la costa, los repentinos ataques en que se hacían con la goleta y les cortaban las manos. Ciertamente, los hombres blancos tenían que ser terribles. Amén de que poseían objetos mágicos —rifles que disparaban muy rápido varias veces, unas cosas de hierro y latón que hacían que las goletas avanzaran cuando no había viento y unas cajas que hablaban y se reían igual que los hombres. Ah, y había oído hablar de un hombre blanco cuya magia era tan poderosa que podía sacarse de la boca todos los dientes y volvérselos a poner.

Bajaron a Mauki al camarote. Un hombre blanco se quedó en cubierta haciendo guardia con dos revólveres en el cinturón. En el camarote el otro hombre blanco se sentó con un libro frente a él, donde inscribió extrañas marcas y líneas. Miró a Mauki como si se tratara de un cerdo o un ave de corral, le examinó las axilas y escribió en el libro. Luego le tendió el palito con que escribía y Mauki a penas lo rozó con su mano, comprometiéndose así a trabajar durante tres años en la plantación de la Compañía Moongleam Soap. No le explicaron que para hacerle cumplir el compromiso emplearían la voluntad de los feroces hombres blancos y, tras ella y para el mismo fin, estaban todo el poder y toda la flota de guerra de Gran Bretaña.

A bordo había otros negros, provenientes de lejanos lugares ignotos, y cuando el hombre blanco les habló, le arrancaron a Mauki su larga pluma de la cabeza, le cortaron el pelo y le enrollaron alrededor de la cintura un lava-lava* de percal amarillo brillante.

Tras varios días en la goleta, y tras haber contemplado más tierras e islas de las que había soñado nunca, lo desembarcaron en Nueva Georgia y lo pusieron a trabajar en el campo a despejar la selva y cortar caña. Por primera vez supo lo que era trabajar. Incluso como esclavo de Fanfoa nunca había trabajado así. Y no le gustaba trabajar. Empezaba al amanecer y terminaba al anochecer, con dos comidas al día. Y la comida era fastidiosa. Durante semanas no les daban más que patatas dulces, y luego durante semanas nada más que arroz. Día tras día separaba la carne de los cocos de la cáscara; y durante los largos días y semanas sentía los fuegos que ahumaban la copra, hasta que se le irritaron los ojos y lo mandaron a talar árboles. Manejaba bien el hacha y más tarde lo destinaron a la cuadrilla encargada de construir puentes. Una vez lo castigaron asignándole a la cuadrilla de construcción de carreteras. A veces formaba parte de la tripulación de los botes, cuando traían copra de lejanas playas o cuando los hombres salían a dinamitar pescado.

Entre otras cosas aprendió el inglés *bêche-de-mer***, lo cual le permitió hablar con todos los hombres blancos y con todos los reclutas que de otra forma hubieran hablado en miles de dialectos distintos. También aprendió ciertas cosas sobre los hombres blancos, principalmente

* Véase nota en la página 123.
** En este caso, *bêche-de-mer* se aplica a la jerga que usaban los colonos para dirigirse a los nativos.

que mantienen su palabra. Si le decían a un chico que iba a recibir un palo de tabaco, lo recibía. Si le advertían de que le darían una paliza si hacía tal cosa, cuando la hacía le daban invariablemente una paliza. Mauki no sabía lo que era una paliza, aunque se usaba en *bêche-de-mer*, y se imaginaba que era la sangre y los dientes que solían acompañar a esta acción. Otra cosa que aprendió: no golpeaban ni castigaban a nadie que no hiciera algo prohibido. Incluso cuando los hombres blancos estaban borrachos, como ocurría frecuentemente, nunca golpeaban antes de que se hubiera infringido alguna regla.

A Mauki no le gustaba la plantación. Odiaba trabajar y era hijo de un jefe. Además habían pasado diez años desde que Fanfoa se lo llevó de Port Adams y echaba de menos su hogar. Incluso añoraba los tiempos de esclavitud con Fanfoa. Así que se escapó. Se adentró en la selva, con la idea de seguir hacia el sur hasta la playa y robar una canoa para volver a Port Adams. Pero le atacaron las fiebres y fue capturado y traído de vuelta más muerto que vivo.

Se escapó una segunda vez junto a dos hombres de Malaita. Bajaron por la costa veinte millas y se escondieron en la cabaña de un liberto de Malaita que vivía en ese pueblo. Pero en mitad de la noche llegaron dos hombres blancos, que no temían a los habitantes del poblado y les dieron una paliza a los tres fugitivos, los ataron como cerdos y los arrojaron al barco. Pero al hombre en cuya casa se habían escondido...debieron darle siete palizas por el modo en que volaban sus cabellos, su piel y sus dientes, y le disuadieron para el resto de su vida de ocultar a trabajadores prófugos.

Durante un año Mauki trabajó duramente. Luego le asignaron al servicio doméstico, con buena comida y tiempo libre, un trabajo fácil en que mantenía la casa limpia y servía whisky y cerveza a los hombres blancos a cualquier hora del día y casi toda la noche. Le gustaba, pero le gustaba más Port Adams. Le quedaban aún dos años de servicio, pero dos años eran demasiados para él que sufría de añoranza. Se había vuelto más prudente en su año de servicio y, al trabajar ahora en una casa, tenía la oportunidad. Estaba encargado de la limpieza de los rifles y sabía dónde estaba escondida la llave del almacén. Planeó la fuga, y una noche diez hombres de Malaita y uno de San Cristóbal salieron sigilosamente de los barracones y arrastraron uno de los botes hasta la playa. Mauki fue quien trajo la llave que abría el candado del bote, y fue Mauki quien equipó el bote con una docena de Winchesters, un montón de municiones, una caja de dinamita con detonadores y mechas y diez cajas de tabaco.

Soplaba el monzón del noroeste y huyeron hacia el sur en medio de la noche, escondiéndose por el día en islotes apartados y deshabitados o arrastrando su bote hacia la espesura en las islas más grandes. Así llegaron hasta Guadalcanar, bordearon parte de sus costas y cruzaron el estrecho Indispensable hacia las islas Florida. Allí mataron al hombre de San Cristóbal, separaron la cabeza y cocinaron y se comieron el resto. La costa de Malaita estaba a tan sólo veinte millas, pero la última noche una fuerte corriente y un viento en contra les impidieron llegar hasta allí. La luz del día les sorprendió aún a varias millas de su meta. Pero la luz del día trajo con ella un cúter con dos hombres blancos que no temían a once hombres de Malaita armados con doce rifles. Mauki y sus compañeros fueron devueltos a Tulagi, donde vivía el gran jefe de los hombres blancos. Y el gran jefe blanco celebró un juicio, tras el cual ataron a los fugitivos uno a uno y les dieron veinte latigazos a cada uno, además de sentenciarlos a pagar una multa de quince dólares. Entonces se les envió de vuelta a Nueva Georgia, donde los hombres blancos les dieron una paliza y los pusieron a trabajar. Aunque a Mauki ya no le asignaron una casa. Lo destinaron a la cuadrilla de construcción de carreteras. La multa de quince dólares fue pagada por el hombre blanco del que había escapado y le dijeron que tendría que trabajar por ello, lo cual significaban seis meses más de contrato. Por añadidura, su parte del tabaco robado le valió otro año más.

Port Adams quedaba ahora a tres años y medio de distancia, así que una noche robó una canoa, se escondió en los islotes del estrecho de Manning, cruzó el paso y bordeó la costa oriental de Isabel hasta que, habiendo recorrido dos tercios del camino, los hombres blancos lo capturaron en la laguna de Meringe. Pasada una semana, volvió a escapar de ellos y se adentró en la selva. En Isabel, el interior estaba deshabitado, sólo había nativos en la costa y todos eran cristianos. Los hombres blancos ofrecieron una recompensa de quinientos palos de tabaco y cada vez que Mauki se aventuraba hacia el mar para robar una canoa, los nativos de la costa le daban caza. Así pasaron cuatro meses, hasta que, una vez subida la recompensa a mil palos de tabaco, lo atraparon y mandaron de vuelta a Nueva Georgia y a la cuadrilla de construcción de carreteras. La recompensa tenía un valor de cincuenta dólares y Mauki tenía que pagarla con un año y ocho meses de trabajo. Así que Port Adams estaba a cinco años de distancia.

Añoraba su hogar más que nunca, y no se le pasó por la cabeza tranquilizarse y ser bueno, trabajar los años que le quedaban y volver a casa. En la siguiente ocasión, fue descubierto en el momento mismo de escapar. Su caso fue llevado ante el señor Haveby, representante en la isla de la

Compañía Moongleam Soap que le declaró incorregible. La Compañía tenía plantaciones en las islas Santa Cruz, a cientos de millas allende el mar, donde mandaban a los incorregibles de las islas Salomón. Y allí mandaron a Mauki, aunque nunca llegó. La goleta hizo escala en Santa Ana, y por la noche Mauki nadó hacia tierra donde le robó dos rifles y una caja de tabaco a un comerciante y huyó en una canoa a San Cristóbal. Malaita quedaba ahora hacia el norte, a unas cincuenta o sesenta millas. Pero cuando intentó cruzar el paso, fue sorprendido por un vendaval que lo devolvió a Santa Ana, donde el comerciante le puso unos grilletes y lo mantuvo prisionero hasta que la goleta volvió de Santa Cruz. El comerciante recuperó los dos rifles, pero la caja de tabaco le valió a Mauki otro año de deuda. Ahora le debía a la Compañía la suma de seis años.

En el camino de vuelta a Nueva Georgia, la goleta ancló en el Estrecho de Marau, que se encuentra en la punta sureste de Guadalcanar. Mauki nadó hasta tierra con las manos esposadas y huyó hacia el interior. La goleta siguió su camino, pero el representante de Moongleam en tierra ofreció mil palos de tabaco y los nativos del interior le entregaron a Mauki y le apuntaron un año y ocho meses más en su cuenta. De nuevo, y antes de que volviera la goleta, escapó, esta vez en un bote en compañía de una caja de tabaco del comerciante. Pero un vendaval del noroeste le hizo naufragar en Ugi, donde los nativos cristianos le robaron el tabaco y lo devolvieron al comerciante de la Moongleam que allí residía. El tabaco que le robaron los nativos significaba otro año, y ahora debía ocho años y medio.

—Lo enviaremos a Lord Howe —dijo el señor Haveby—. Bunster está allí y dejaremos que se las arreglen entre ellos. Imagino que el asunto será que o bien Mauki acaba con Bunster, o bien Bunster acaba con Mauki, y en todo caso, ¡que se pudran!

Al salir de la laguna de Meringe, en Isabel, y navegando en dirección al norte magnético, al cabo de ciento cincuenta millas se alzan las vapuleadas playas de coral de Lord Howe por encima del mar. Lord Howe es un anillo de tierra de unas ciento cincuenta millas de circunferencia, de varios centenares de yardas de un lado a otro y que alcanza en algunos lugares una altura de diez pies sobre el nivel del mar. Dentro de este anillo de arena hay una impresionante laguna tachonada de manchas de coral. Lord Howe no pertenece a las Salomón ni geográficamente ni etnológicamente. Es un atolón, mientras que las Salomón son islas altas; y su población y lengua son polinesios, mientras que los habitantes de las Salomón son melanesios. Lord Howe ha sido poblado por el éxodo de los polinesios del oeste, aún existente hoy en día, que llegaban a sus playas en canoas con flotador llevados por los vientos del sureste. Es evidente que también ha habido una pequeña inmigración de melanesios en las épocas del monzón del noroeste.

Nadie acude nunca a Lord Howe, u Ontong-Java como a veces se le llama. Thomas Cook & Son no vende billetes para ese lugar, y los turistas ignoran su existencia. Ni siquiera un misionero blanco ha desembarcado en sus costas. Los cinco mil nativos son tan pacíficos como primitivos. Aunque no siempre fueron pacíficos. El *Mailing Directions* los describe como hostiles y traicioneros. Pero el hombre que compuso el *Mailing Directions* nunca oyó hablar del cambio que ocurrió en el corazón de sus habitantes, quienes, no muchos años antes, capturaron un gran barco y mataron a toda la tripulación menos al segundo de a bordo. El superviviente contó lo ocurrido a sus hermanos. Los capitanes de tres goletas comerciales volvieron con él a Lord Howe. Navegaron con sus navíos directamente hasta la laguna y predicaron el evangelio del hombre blanco según el cual sólo los blancos pueden matar a un blanco y las razas inferiores deben mantenerse apartadas. Las goletas recorrieron la laguna de arriba abajo, arrasando y destrozándolo todo. No había ninguna escapatoria en aquel estrecho círculo de arena, ni selva donde esconderse. Los hombres eran abatidos en cuanto los avistaban, y no había forma de evitar ser visto. Quemaron los poblados, destrozaron las canoas, mataron a los cerdos y los pollos y talaron los valiosos cocoteros. Aquello duró un mes, luego las goletas se marcharon; pero el temor al hombre blanco quedó impreso con fuego en el alma de los isleños y nunca más volvió a ocurrírseles tocar a ninguno.

Max Bunster era el único blanco en Lord Howe, se encargaba de la ubicua oficina de la Compañía Moongleam Soap. Y la Compañía lo había mandado a Lord Howe porque, antes de deshacerse de él, aquel era el lugar más alejado que podía encontrarse. El no deshacerse de él se debía a la dificultad de encontrar a alguien que lo sustituyera. Era un robusto alemán grandullón, y algo funcionaba mal en su cerebro. Medioloco sería un término caritativo para describirlo. Era un matón y un cobarde, su brutalidad era de tipo cobarde. Cuando empezó a trabajar para la Compañía, lo destinaron a Savo. Cuando mandaron a un colono tísico para sustituirle, lo molió a puñetazos y mandó de vuelta lo que quedaba de él a la goleta que lo había traído.

El señor Haveby mandó luego a un joven gigante de Yorkshire para relevar a Bunster. El de Yorkshire tenía fama de toro y de preferir pelear a comer. Pero Bunster no peleó. Se portó como un corderito... durante diez días, tras los cuales el gigante quedó postrado por un ataque de fiebre y disentería. Entonces Bunster fue en su busca y, entre otras cosas, lo tiró al suelo y saltó sobre él unas veinte veces. Asustado por lo que podría ocurrir cuando su víctima se recuperara, Bunster huyó en un cúter a Guvutu, donde se hizo notar por golpear a un joven inglés que ya estaba lisiado al haberle atravesado una bala bóer la cadera.

Es entonces cuando el señor Haveby mandó a Bunster a Lord Howe, el lugar perdido. Celebró su llegada engullendo media caja de ginebra y dándole una paliza al compañero más viejo y débil de la goleta que le había traído. Cuando la goleta partió, mandó bajar a los canacas a la playa, desafiándoles a vencerle en un combate de lucha y prometiendo una caja de tabaco a quien lo consiguiera. Venció a tres canacas, pero rápidamente un cuarto pudo con él, el cual, en vez de recibir el tabaco prometido, se ganó una bala en los pulmones.

Y así empezó el reinado de Bunster en Lord Howe. En el poblado principal vivían tres mil personas; pero estaba desierto, incluso en pleno día, cuando pasaba por él. Hombres, mujeres y niños huían a su paso. Incluso los perros y los cerdos se apartaban de su camino, mientras el rey no dudaba en esconderse bajo una estera. Los dos primeros ministros vivían aterrorizados por Bunster que nunca discutía sobre los temas debatibles, sino que se liaba a puñetazos.

Y Mauki llegó a Lord Howe, para trabajar para Bunster durante ocho largos años y medio. No había forma de escapar de Lord Howe. Para bien o para mal, Bunster y él estaban unidos el uno al otro. Bunster pesaba dos cientas libras. Mauki ciento diez. Bunster era un bruto degenerado, pero Mauki era un salvaje primitivo. Y cada uno tenía sus propios deseos y formas de lograrlos.

Mauki ignoraba para qué tipo de amo iba a trabajar. No le habían avisado y daba por sentado que Bunster sería como los demás hombres blancos, un gran bebedor de whisky y un gobernante y hacedor de leyes que siempre mantendría la palabra dada y nunca golpearía a un hombre sin merecerlo. Bunster jugaba con ventaja. Lo sabía todo sobre Mauki y se relamía ante la idea de poseerlo. El último cocinero a sus órdenes tenía un brazo roto y un hombro dislocado, así que Bunster asignó a Mauki a la cocina y el servicio general de la casa.

Y Mauki aprendió pronto que hay hombres blancos y hombres blancos. El mismo día en que partió la goleta, le ordenaron comprar un pollo a Samisee, el misionero nativo de Tonga. Pero Samisee había ido al otro lado de la laguna y tardaría tres días en volver. Mauki volvió a la casa con esta información. Subió las empinadas escaleras (la casa estaba construida sobre pilares a doce pies de la arena) y entró en el salón para informar. El comerciante reclamó el pollo. Mauki abrió la boca para explicar la ausencia del misionero. Pero a Bunster no le importaban sus explicaciones. Y arremetió contra él con los puños. El golpe alcanzó a Mauki en la boca y lo lanzó por los aires. Salió disparado limpiamente por la puerta, cruzó la estrecha veranda rompiendo la balaustrada y cayó al suelo. Tenía los labios contusionados, como una masa informe, y la boca estaba llena de sangre y dientes rotos.

—Así aprenderás que a mí no se me contesta —gritó el comerciante, morado de rabia, mientras lo miraba por encima de la balaustrada rota.

Mauki nunca se había encontrado con un blanco

como éste, y decidió andar con pies de plomo y no ofenderle nunca. Vio como maltrataba a su tripulación y como cargaba con grilletes a uno y le dejaba sin comer durante tres días por el gran crimen de haber roto un escálamo mientras remaba. Luego le llegaron rumores del pueblo y supo por qué Bunster había tomado una tercera esposa... a la fuerza, como bien se sabía. La primera y la segunda esposas yacían en el cementerio, bajo la blanca arena coralina, con sendos trozos de coral en la cabecera y los pies de sus tumbas. Habían muerto, según contaban, por los golpes que les había asestado. Desde luego a la tercera la maltrataba, como Mauki podía ver por sí mismo.

Pero no había manera de evitar ofender al hombre blanco, al que la vida misma parecía ofender. Cuando Mauki se mantenía callado, lo golpeaba y lo llamaba bruto taciturno. Cuando hablaba, lo golpeaba por contestarle. Si estaba serio, Bunster lo acusaba de tramar algo y le daba una paliza como anticipo; y cuando se esforzaba por estar alegre y sonreír, lo culpaba de reírse de su amo y señor y le daba a probar el palo. Bunster era un demonio. Los nativos lo hubieran matado si no fuera por el recuerdo de la lección de las tres goletas. Seguramente hubieran acabado con él de todas formas si hubiera habido una selva donde refugiarse. Pero tal como estaban, el asesinato de un hombre blanco, de cualquier hombre blanco, traería a un hombre-de-la-guerra que mataría a los ofensores y talaría los valiosos cocoteros. Luego estaban los hombres de la tripulación, que sólo pensaban en dejar que se ahogara por accidente en la primera ocasión que tuvieran de volcar el cúter. Pero Bunster vigilaba que el barco nunca volcara.

Mauki era de una raza diferente y, ya que escapar era imposible mientras Bunster viviera, estaba decidido a acabar con el hombre blanco. El problema es que nunca encontraba ocasión. Bunster siempre estaba alerta. Día y noche guardaba sus revólveres al alcance de la mano. No dejaba que nadie pasara por detrás de él, como Mauki aprendió tras ser golpeado varias veces. Bunster sabía que tenía más que temer de aquel chico de Malaita, afable, incluso de cara dulce, que de toda la población de Lord Howe; y le puso más entusiasmo al programa de tormentos que tenía entre manos. Y Mauki andaba con pies de plomo, aceptaba sus castigos y esperaba.

Todos los demás hombres blancos habían respetado sus *tambos*, pero Bunster no. La ración semanal de tabaco que le correspondía a Mauki era de dos palos. Bunster se los daba a su mujer y le ordenaba a Mauki que los tomara de su mano. Pero le estaba prohibido y Mauki se quedaba sin su tabaco. De igual forma, se quedaba muchas veces sin comer, y muchos días estaba hambriento. Le ordenaron hacer sopa con las almejas gordas que había en la laguna. Él no podía hacerlo, ya que las almejas eran *tambo*. Seis veces consecutivas se negó a tocar las almejas, y seis veces lo golpeó hasta perder el sentido. Bunster sabía que moriría antes de hacerlo, pero calificó su negativa de amotinamiento, y lo hubiera matado si hubiera habido otro cocinero para sustituirlo.

Una de las jugarretas preferidas de Bunster consistía en coger los mechones rizados de Mauki y batearle la cabeza contra la pared. Otra fechoría consistía en pillar a Mauki desprevenido y apagar la punta encendida de un puro sobre su carne. A esto Bunster lo llamaba vacunación, y Mauki recibía su vacuna varias veces por semana. Una vez, en un ataque de rabia, le arrancó el asa de taza de la nariz rasgándole el cartílago.

—¡Oh, vaya jeta! —fue su comentario al observar los daños que había causado.

La piel de un tiburón es como papel de lija, pero la piel de una raya es como una escofina. En los Mares del Sur la usan como lima para alisar las canoas y los remos. Bunster tenía una manopla de piel de raya. La primera vez que la usó con Mauki, con una sola pasada le arrancó la piel de la espalda desde el cuello hasta la axila. Bunster estaba encantado. Le hizo probar a su mujer la manopla y la probó a fondo con su tripulación. Los primeros ministros recibieron una caricia cada uno y tuvieron que sonreír y tomárselo a broma.

—¡Reíd, demonios, reíd! —fue lo que les sugirió.

Mauki fue quien más probó la manopla. No pasaba un día sin una caricia. A veces la pérdida de tanta cutícula le mantenía despierto por la noche, y a menudo el bromista de Bunster le raspaba la superficie medio cicatrizada y se la dejaba de nuevo en carne viva. Mauki siguió esperando con paciencia, seguro de que más tarde o temprano llegaría su hora. Y cuando ésta llegó, sabía lo que tenía que hacer, hasta el más pequeño detalle.

Una mañana Bunster se levantó con humor de darle una paliza al universo. Empezó con Mauki y acabó con Mauki, en el intervalo golpeó a su mujer y molió a palos a la tripulación. En el desayuno dijo que el café era una porquería y tiró el contenido hirviente de la taza a la cara de Mauki. Hacia las diez Bunster temblaba de escalofríos, y media hora después ardía de fiebre. No era un ataque normal. Rápidamente se hizo más fuerte y resultó ser malaria. Pasaron los días, y cada día estaba más débil, nunca abandonaba la cama. Mauki esperó y observó, mientras tanto su piel se recuperó del todo. Ordenó a los hombres que vararan el cúter, fregaran el fondo y lo pusieran a punto. Ellos pensaban que la orden emanaba de Bunster, y obedecieron. Pero durante ese tiempo Bunster yacía inconsciente y no podía dar ninguna orden. Aquella era la oportunidad que Mauki esperaba, pero seguía esperando.

Cuando pasó lo peor y Bunster estaba convaleciente y consciente, pero tan débil como un bebé, Mauki empaquetó todas sus baratijas, incluida el asa de la taza de porcelana china y las metió en una caja. Luego fue al pueblo y habló con el rey y sus dos primeros ministros.

—Ese hombre Bunster, ¿él buen hombre gustar a vosotros? —preguntó.

Le explicaron a coro que el comerciante no les gustaba nada. Los ministros dieron un recital sobre todas las indignidades y abusos que había cometido con ellos. El rey perdió los nervios y se echó a llorar. Mauki les interrumpió rudamente.

—Vosotros conocer yo... yo gran jefe mi tierra. Vosotros no gustar amo blanco. Él no gustar mí. Mucho bueno vosotros poner cien cocos, doscientos cocos, trescientos cocos en cúter. Acabar y ir dormir. Todos canacas dormir. Luego gran ruido en casa, vosotros no saber oír ruido. Vosotros todos dormir mucho fuerte.

De la misma manera Mauki habló con los de la tripulación. Luego le ordenó a la mujer de Bunster que volviera a la casa de su familia. Si se hubiera negado, hubiera tenido un dilema ya que su *tambo* le prohibía poner sus manos sobre ella.

Una vez vacía la casa, entró en el dormitorio, donde el comerciante estaba echando una cabezadita. Primero Mauki apartó los revólveres, luego se puso la manopla de piel de raya en la mano. Lo primero que sintió Bunster fue una caricia de la manopla que le arrancó la piel todo a lo largo de la nariz.

—Buen chico, ¿eh? —sonrió Mauki entre caricia y caricia, una de las cuales desolló la frente desnuda y otra le dejó limpio un lado de la cara—. Ríe, demonios, ríe.

Mauki se empleó a fondo y los canacas, escondidos en sus casas, oyeron el «gran ruido» que hacía Bunster y siguió haciendo una hora más.

Cuando Mauki acabó, llevó la brújula náutica y todos los rifles y munición al cúter, que procedió a lastrar con cajas de tabaco. Cuando estaba ocupado en esto, una horrible cosa despellejada salió de la casa y corrió gritando hacia la playa hasta que cayó en la arena haciendo muecas y farfullando bajo el sol abrasador. Mauki miró hacia él y dudó. Luego fue hasta él y le cortó la cabeza, la envolvió en una estera y la guardó en la escotilla de proa del cúter.

Tan profundamente durmieron los canacas durante aquel caluroso día que no vieron al cúter atravesar el paso y marchar hacia el sur, impulsado por el viento del sureste. Tampoco avistó nadie el cúter en la larga bordada hasta Isabel ni durante el tedioso recorrido desde allí hasta Malaita. Arribó en Port Adams con un cargamento de rifles y tabaco mayor del que nunca hubiera poseído ningún hombre. Pero no se detuvo allí. Le había cortado la cabeza a un hombre blanco y sólo podía encontrar refugio en la selva. Así que volvió a los poblados del interior, donde abatió a Fanfoa y a media docena de jefes y se erigió él mismo en jefe de todos los poblados. Cuando su padre murió, el hermano de Mauki pasó a gobernar Port Adams y, juntos, hombres de la costa y del interior, formaron la más fuerte de las veinte tribus beligerantes de Malaita.

Mauki sentía mayor temor por la todopoderosa Compañía Moongleam Soap que por el gobierno británico; y un día le llegó un mensaje a la selva recordándole que le debía a la Compañía ocho años y medio de trabajo. Envió de vuelta una respuesta favorable, y entonces apareció el inevitable hombre blanco, el capitán de una goleta, el único hombre blanco que osó entrar en la selva durante el reinado de Mauki y salió con vida. Este hombre no sólo salió con vida, sino que llevaba consigo setecientos cincuenta dólares en soberanos de oro (el valor monetario de ocho años y medio de trabajo más el coste de ciertos rifles y cajas de tabaco).

Mauki ya no pesa ciento diez libras. Su estómago es tres veces mayor que antaño y tiene cuatro esposas. Tiene muchas otras cosas —rifles y revólveres, el asa de una taza de porcelana china y una excelente colección de cabezas de hombres del interior. Pero más valiosa que toda la colección es otra cabeza, perfectamente desecada y curada, con cabellos color de arena y una barba amarillenta, que guarda envuelta en los más finos lava-lava. Cuando Mauki entra en guerra contra los poblados de más allá de sus dominios, invariablemente saca esta cabeza y, solo en su palacio de hierba, la contempla largo tiempo y solemnemente. En esos momentos un silencio de muerte invade el poblado y ni el más pequeño de los negritos se atreve a hacer un ruido. Se estima que la cabeza es el talismán más poderoso de Malaita, y a su posesión se atribuye toda la grandeza de Mauki.

7
«¡YAH! ¡YAH! ¡YAH!»

Era un escocés gran bebedor de whisky, e ingería su whisky ordenadamente, empezando con su primera copita puntualmente a las seis de la mañana y a partir de entonces repitiendo los tragos a intervalos regulares durante todo el día hasta la ahora de acostarse, lo cual ocurría habitualmente a medianoche. Sólo dormía cinco horas de veinticuatro, y se pasaba las diecinueve restantes tranquila y decentemente borracho. Durante las ocho semanas que estuve con él en el atolón Oolong, nunca le noté el aliento sobrio. De hecho, su sueño era tan corto que no le daba tiempo a desembriagarse. Era la borrachera perenne más hermosa y metódica que he observado nunca.

Su nombre era McAllister. Era un hombre viejo que se sostenía tambaleante sobre las piernas. Sus manos temblaban como si tuviera convulsiones; se notaba especialmente cuando se servía el whisky, aunque nunca le vi derramar una gota. Había pasado veintiocho años en Melanesia, dando tumbos desde la Nueva Guinea alemana hasta las islas Salomón alemanas, y se había identificado tan profundamente con aquella porción del mundo, que acostumbraba a hablar en esa jerga bastarda llamada «*bêche-de-mer*». Así, cuando hablaba conmigo, *sol levantarse* significaba amanecer; *kai-kai pararse* significaba que la cena estaba servida; y *vientre perteneciente mí pasearse* significaba que estaba malo del estómago. Era un hombre pequeño y marchito, quemado por dentro y por fuera por los licores ardientes y el ardiente sol. Era una ceniza, un trozo de escoria de hombre, una pequeña escoria animada que aún no se ha enfriado del todo, que se mueve rígidamente a trompicones como un autómata. Una ráfaga de viento se lo hubiera podido llevar. Pesaba noventa libras.

Pero lo más asombroso de él era el poder con que gobernaba. El atolón Oolong tenía una circunferencia de ciento cuarenta millas. Y tenía una laguna tan grande que se necesitaba una brújula para guiarse. Estaba habitado por seis mil polinesios, todo hombres y mujeres robustos, muchos medían seis pies de altura y pesaban un par de cientos de libras. Oolong estaba a doscientas cincuenta millas de la tierra más cercana. Dos veces al año llegaba una pequeña goleta a recoger copra. El único hombre blanco en Oolong era McAllister, insignificante comerciante e incansable bebedor; y gobernaba Oolong y sus seis mil salvajes con mano de hierro. Decía «ven» y venían, «ve» y se iban. Nunca cuestionaban su voluntad ni su juicio. Era tan irascible como sólo puede serlo un escocés viejo, e interfería continuamente en sus asuntos personales. Cuando Nugu, la hija del rey, quiso casarse con Haunau, proveniente del otro extremo del atolón, su padre accedió; pero McAllister se negó y la boda nunca se celebró. Cuando el rey quiso comprar un islote en la laguna al sumo sacerdote, McAllister se negó. El rey le debía a la compañía la friolera de 180.000 cocos y hasta que pagara su deuda no podría gastarse ni un solo coco en cualquier otra cosa.

Y desde luego el rey y todo su pueblo no querían a McAllister. A decir verdad, lo odiaban terriblemente y, según sé, toda la población, con los sacerdotes a la cabeza, intentó en vano rogar por su muerte durante tres meses. Los demonios que enviaron en su contra eran sobrecogedores, pero mientras McAllister no creyera en ellos, no tenían ningún poder sobre su persona. Con un escocés borracho fallan todos los embrujos. Recogieron sobras de comida que habían tocado sus labios, una botella de whisky vacía, un coco del que había bebido e incluso su saliva, y efectuaron todo tipo de encantamientos con ellos. Pero McAllister seguía vivo. Su salud era excelente. Nunca tuvo fiebre, ni tosió ni se resfrió; la disentería pasaba de largo a su lado; y las úlceras malignas y las repugnantes enfermedades de la piel que atacan a negros y blancos por igual en ese clima nunca hicieron mella en él. Debía estar tan saturado de alcohol como para desafiar a los gérmenes a que se alojaran en él. Solía imaginármelos cayendo al suelo en una lluvia de cenizas microscópicas en cuanto entraban en su aura empapada de whisky. Nadie le quería, ni siquiera los gérmenes, mientras que él sólo amaba el whisky, y seguía vivo.

Yo estaba perplejo. No podía entender que esos seis mil nativos aguantaran a aquel tirano enano y marchito. Era un milagro que no hubiera muerto de repente hacía tiempo. Al contrario de los melanesios cobardes, ese pueblo tenía agallas y era belicoso. En el gran camposanto, a la cabeza y los pies de las tumbas, había reliquias de un pasado sanguinario —lanzas balleneras, viejas dagas y machetes oxidados, grilletes de cobre, hierros de timón, arpones, armas de fuego, ladrillos que no podían haber salido de otro sitio que de la caldera de un ballenero y viejas piezas de latón del siglo dieciséis, testigos de las tradiciones de los primeros navegantes españoles. Barcos y barcos habían acabado mal en Oolong. No hacía ni treinta años, destruyeron con sus manos el ballenero *Blennerdale*, que había entrado en la laguna para hacer unas reparaciones. La tripulación del *Gasket*, que comerciaba con sándalo, pereció de modo similar. Los isleños abordaron un barco francés, el *Toulon*, que había anclado fuera de la laguna, y tras una ruda pelea naufragó en el paso de Lipau, escapando el capitán y un puñado de marineros en un bote. Luego estaban las piezas españolas, que hablaban de la pérdida de uno de los primeros exploradores. Todo esto, las naves citadas, son hechos históricos y se pueden comprobar en el *South Pacific Mailing Directory*. Pero había otras historias, no escritas, de las que pronto oí hablar. Mientras tanto, esos seis mil salvajes primitivos que dejaban vivir a aquel déspota escocés degenerado me dejaban perplejo.

Una tarde de mucho calor, McAllister y yo nos sentamos en la veranda mirando la laguna, con todos sus maravillosos colores como joyas. Detrás de nosotros, más allá de las cien yardas de arena salpicada de palmeras, las olas rugían contra el arrecife. Hacía un calor espantoso. Estábamos a 4° de latitud Sur y el sol se situaba directamente sobre nuestras cabezas, puesto que había cruzado la Línea unos días antes en su trayectoria hacia el Sur. No había viento, ni un rizo en el agua. La estación de los vientos alisios estaba llegando a su fin prematuramente y los monzones del noroeste aún no habían empezado a soplar.

—Sus bailes no valen un maldito centavo —dijo.

Yo había mencionado que los bailes polinesios eran superiores a los de Papua y McAllister lo negaba, sin ninguna otra razón que su irascibilidad. Pero hacía demasiado calor para discutir y no dije nada. Además nunca había visto a la gente de Oolong bailar.

—Se lo demostraré —anunció, haciéndole un gesto al chico negro de Nueva Hannover, reclutado para trabajar, que servía de cocinero y criado de la casa en general—. Eh, tú, chico, ve y dile al rey ése que venga a verme.

«¡Yah! ¡Yah! ¡Yah!»

El chico salió, y llegó el primer ministro, confuso, incómodo y sin parar de soltar explicaciones de disculpa. En resumen, el rey estaba durmiendo y no se le debía molestar.

—Rey dormirse mucho —fue su última frase.

McAllister montó en tal cólera que el primer ministro tuvo que huir a refugiarse junto al mismísimo rey. Hacían una pareja asombrosa, en particular el rey, que debía de medir seis pies y tres pulgadas de alto. Sus rasgos se parecían a los de un águila, como se veía frecuentemente en los indios norteamericanos. Había nacido y sido moldeado para gobernar. Sus ojos miraban fijamente cuando escuchaba, pero enseguida obedeció mansamente la orden de McAllister de traer un par de cientos de los mejores bailarines, hombres y mujeres, del pueblo. Y bailaron, durante dos horas mortales, bajo el sol abrasador. Lo odiaron por ello, pero a él no le importaba, y los despidió insultándolos y con una sonrisa de desdén.

La abyecta obediencia de aquellos magníficos salvajes era aterradora. ¿Cómo podía ser? ¿Cuál era el secreto de su dominio? Cada día estaba más y más perplejo, y mientras observaba perpetuos ejemplos de aquella incontestable soberanía, nunca encontré una pista de cómo ocurría.

Un día comenté mi decepción al no haber podido comprar un hermoso par de conchas de color naranja. La pareja podía valer fácilmente en Sydney unas cinco libras. Le había ofrecido al propietario doscientos palos de tabaco y éste había pedido trescientos. Cuando mencioné por casualidad la situación, McAllister mandó llamar inmediatamente al hombre, le cogió las conchas y me las dio. Cincuenta palos de tabaco* fue lo único que me permitió

* Véase nota en la página 88.

pagar por ellas. El hombre aceptó el tabaco y pareció alegrarse de librarse tan fácilmente. En cuanto a mí, decidí mantener la lengua atada en el futuro. Y seguí dando vueltas al secreto del poder de McAllister. Incluso llegué al punto de preguntarle a él directamente, pero sólo entrecerró un ojo, con mirada enterada, y se sirvió otra copa.

Una noche estaba fuera pescando en la laguna con Oti, el hombre que había sido desposeído de las conchas. En privado, le había hecho llegar otras ciento cincuenta palos de tabaco y desde entonces me miraba con un respeto que rayaba la veneración, lo cual era curioso, ya que era un hombre mayor, por lo menos tenía el doble de mi edad.

—¿Qué hace que vosotros canacas todos iguales como negritos? —le dije—. Este comerciante sólo ser uno. Vosotros canacas ser muchos. Vosotros canacas ser como perros —llenos miedo por ese comerciante. No os va a comer. No tener dientes para eso. ¿Qué hace vosotros mucho miedo?

—¿Qué pasar si canacas matar él? —preguntó.

—Él morir —repliqué—. Vosotros canacas matar muchos hombres blancos antes. ¿Por qué tanto miedo de este hombre blanco?

—Sí, matar muchos —fue su respuesta—. ¡Palabra! ¡Mucha cantidad! Muchos antes. Una vez, yo mucho joven, un gran barco pararse fuera. Viento no soplaba. Muchos canacas fuimos en canoa, muchas canoas, coger ese barco. Palabra; coger con gran pelea. Dos, tres hombres blancos disparar infierno. Nosotros no miedo. Llegar a su lado, subir, muchos hombres, quizás pienso cincuenta-diez (quinientos). Una blanca Mary (mujer) pertenecer barco. Nunca antes ver blanca Mary. Yo acabar muchos hombres blancos. Uno capitán no morir. Cinco hombres,

«¡Yah! ¡Yah! ¡Yah!»

seis hombres blancos no morir. Capitán gritar. Algunos hombres blancos luchar. Algunos hombres blancos soltar bote. Después, todos juntos por la borda ir. Capitán descolgar blanca Mary. Después *washee* (pelea) demasiados hombres fuertes. Padre de yo, antes hombre fuerte, lanzar a mí arpón. Ese arpón meter en un lado de blanca Mary. Él no parar. Palabra, él ir hasta otro lado blanca Mary. Ella acabar. Yo no miedo. Muchos canacas no miedo.

Había tocado el orgullo del viejo Oti: de repente se quitó su lava-lava* y me enseñó la inconfundible cicatriz de una bala. Antes de que pudiera hablarle, su caña se hundió de repente. Intentó recogerla, pero el pez había rodeado un saliente de coral. Lanzándome una mirada de reproche por haberle distraído de su vigilancia, se tiró al agua, de pie, se dio la vuelta hasta hundirse y siguió el sedal hasta el fondo. El agua tenía diez brazas de profundidad. Me incliné y miré cómo movía los pies, cada vez menos visibles, hasta que removió la pálida fosforescencia como si fueran fuegos fantasmales. Diez brazadas —sesenta pies— no eran nada para él, un hombre viejo, comparado con el valor del anzuelo y el sedal. Tras lo que parecieron cinco minutos, cuando no pudo ser más de un minuto, le vi volver a subir como entre llamas blancas. Llegó a la superficie y arrojó un bacalao de roca de diez libras en la canoa, con el sedal y el anzuelo intactos, este último aún sujeto a la boca del pez.

—Puede ser —dije sin remordimientos—. No tener miedo hace mucho tiempo. Ahora mucho miedo de ese comerciante.

—Sí, mucho miedo —confesó, como descartando el asunto. Durante media hora lanzamos y tiramos las cañas

---

* Véase nota en la página 123.

en silencio. Luego pequeños tiburones empezaron a morder y tras perder cada uno un anzuelo, las recogimos y esperamos a que los tiburones siguieran su camino.

—Decir a usted la verdad —empezó a hablar Oti— así usted salvar ahora miedo.

Encendí mi pipa y esperé, y la historia que Oti me contó en su espantoso *bêche-de-mer* os la cuento aquí en buen inglés. Por lo demás, el espíritu y el orden de la narración, el relato es éste tal y como salió de la boca de Oti.

—Después de aquello estábamos muy orgullosos. Habíamos luchado muchas veces con los extraños hombres blancos que viven del otro lado del mar y siempre les habíamos vencido. Unos cuantos de nosotros murieron, pero ¿qué era aquello comparado con las riquezas, de mil clases, que encontramos en los barcos? Y entonces un día, quizás hace veinte años, o veinticinco, apareció una goleta justo por el paso y entró en la laguna. Era una goleta grande con tres mástiles. Había cinco hombres blancos y quizás unos cuarenta tripulantes, negros de Nueva Guinea y Nueva Bretaña; habían venido a pescar *bêche-de-mer**. Estaba anclada en la laguna frente a Pauloo y sus botes se dispersaron por todas partes, acampando en las playas donde secaban las *bêche-de-mer*. Al dividirse se hicieron débiles; entre los que estaban aquí y los de la goleta en Pauloo había unas cincuenta millas, y había otros aún más lejos.

»Nuestro rey y sus consejeros reunieron el consejo, y yo fui uno de los que se fueron en canoa, remamos toda la tarde y toda la noche a través de la laguna, para llevar un mensaje a la gente de Pauloo diciéndoles que por la mañana atacaríamos todos los campamentos pesqueros a la vez y a ellos les tocaba hacerse con la goleta. Los que lle-

---

* Véase nota en la página 87.

«¡Yah! ¡Yah! ¡Yah!»
vamos el mensaje estábamos cansados de tanto remar, pero participamos en el ataque. En la goleta había dos hombres blancos, el capitán y el segundo de a bordo, con media docena de negros. Cogimos al capitán y tres hombres en la orilla y los matamos, pero antes el capitán mató a ocho de nosotros con sus dos revólveres. Luchamos cuerpo a cuerpo, ya sabe como es.

»El ruido de nuestra lucha indicó al oficial de a bordo lo que estaba ocurriendo, y metió comida y agua y una vela en un bote, tan pequeño que no tenía más de doce pies de largo. Llegamos a la goleta, unos mil hombres, cubriendo la laguna con nuestras canoas. Mientras tanto soplábamos en las caracolas, cantábamos cantos de guerra y golpeábamos los costados de las canoas con los remos. ¿Qué posibilidades tenían un hombre blanco y tres negros contra nosotros? Ni una sola, y el oficial lo sabía.

»Los hombres blancos son demonios. He visto muchos y ahora soy un hombre viejo y comprendo por fin porqué los hombres blancos se han apropiado de todas las islas del mar. Es porque son demonios. Aquí está usted en esta canoa conmigo. Usted es poco más que un muchacho. No es usted sabio, cada día le cuento cosas que no sabía. Cuando era un pequeño negrito, sabía más sobre los peces y las formas de pescarlos de lo que sabe usted ahora. Soy un hombre viejo, pero nado hasta el fondo de la laguna y usted no puede seguirme. ¿Para qué vale usted de todas formas? No lo sé, pero sí para luchar. Nunca le he visto luchar, aunque sé que es usted como sus hermanos y luchará como un demonio. También es usted un idiota, como sus hermanos. No sabe cuándo le han derrotado. Luchará hasta la muerte, y entonces será demasiado tarde para darse cuenta.

»Ahora fíjese en lo que hizo el oficial. Cuando llegamos hasta él, cubriendo el mar y soplando en las caracolas, saltó de la goleta al pequeño bote, junto a los tres negros, y remaron hacia el paso. Otra vez actuó como un idiota, ningún hombre sabio se haría a la mar en un bote tan pequeño. Los costados no sobresalían del agua más de cuatro pulgadas. Veinte canoas los persiguieron, con doscientos hombres jóvenes. Remábamos cinco brazadas en lo que tardaban sus negros en remar una. No tenía ninguna posibilidad, pero era un idiota. Se puso en pie en el bote con un rifle y disparó varias veces. No era buen tirador, aunque al acercarnos varios de nosotros fueron heridos y muertos. Pero seguía sin tener ninguna posibilidad.

»Recuerdo que durante todo ese tiempo él fumaba un puro. Cuanto estuvimos a cuarenta pies y acercándonos rápidamente, tiró el rifle, encendió un cartucho de dinamita con el puro y nos lo lanzó. Encendió otro y otro, y nos los lanzó muy rápido, muchos. Ahora sé que debió partir las mechas de los cartuchos y clavarles fósforos, porque prendían muy rápido. Además, las mechas eran muy cortas. A veces los cartuchos de dinamita explotaban en el aire, pero la mayoría explotaban en las canoas. Y cada vez que explotaban en una canoa, acababan con ella. De las veinte canoas, la mitad quedaron hechas pedazos. La canoa en que iba yo fue pulverizada, así como los dos hombres que estaban sentados a mi lado. La dinamita cayó entre los dos. Las otras canoas dieron media vuelta y huyeron. Luego aquel oficial nos gritó: «¡Yah! ¡Yah! ¡Yah!». También nos persiguió con su rifle, muchos murieron abatidos por la espalda mientras huían. Y durante todo ese tiempo los negros del bote seguían remando. Lo ve, le dije la verdad, aquel oficial era un demonio.

»Esto no fue todo. Antes de abandonar la goleta, le

«¡Yah! ¡Yah! ¡Yah!»

prendió fuego y colocó la pólvora y la dinamita de tal manera que explotara todo a la vez. Cientos de nosotros estaban en cubierta, intentando apagar el fuego, cargando agua por la borda, cuando la goleta explotó. Así que todo aquello por lo que habíamos luchado estaba perdido, además murieron muchos más de los nuestros. A veces, incluso ahora, con mi avanzada edad, tengo pesadillas en las que oigo a aquel oficial gritar: «¡Yah! ¡Yah! ¡Yah!». Con una voz de trueno grita: «¡Yah! ¡Yah! ¡Yah!». Pero matamos a todos los de los campamentos de pesca.

»El oficial salió de la laguna por el paso en su pequeño bote, y ése fue su final, estábamos seguros, porque ¿cómo podría sobrevivir en el océano aquel pequeño bote con cuatro hombres dentro? Pasó un mes, y entonces, una mañana, entre dos ráfagas de lluvia, una goleta navegó por el paso y ancló frente al pueblo. El rey y sus consejeros se reunieron, y se decidió que tomaríamos la goleta en dos o tres días. Mientras tanto, como teníamos siempre por costumbre para parecer amistosos, fuimos hasta el barco en las canoas, llevando sartas de cocos, gallos y cerdos, para comerciar. Pero cuando varias de nuestras canoas los alcanzaron, los hombres a bordo empezaron a dispararnos con rifles y mientras remábamos alejándonos vi al oficial que se había hecho a la mar en el pequeño bote saltar sobre la barandilla y bailar y gritar: «¡Yah! ¡Yah! ¡Yah!».

»Por la tarde desembarcaron de la goleta en tres pequeños botes llenos de hombres blancos. Fueron directos hacia el pueblo, disparando a todo el que vieron. También mataron a los gallos y los cerdos. Los que conseguimos escapar cogimos las canoas y remamos por la laguna. Al mirar atrás, pudimos ver todas las casas ardiendo. Más tarde vimos varias canoas venir desde Nihi, que es el pueblo que está cerca del paso de Nihi al noreste. Eran todos los que se habían salvado y, como el nuestro, su pueblo había sido quemado por una segunda goleta que había llegado por el paso de Nihi.

»Nos mantuvimos en la oscuridad en dirección al oeste, hacia Pauloo, pero en mitad de la noche oímos lamentos de mujeres y nos encontramos con una gran flota de canoas. Eran todos los que quedaban de Pauloo, que así mismo había quedado reducido a cenizas, ya que una tercera goleta había entrado por el paso de Pauloo. Así que, aquel oficial, con sus negros, no se había ahogado. Había alcanzado las islas Salomón y allí les contó a sus hermanos lo que habíamos hecho en Oolong. Y todos sus hermanos dijeron que vendrían y nos castigarían, y allí estaban en tres goletas, y nuestros tres pueblos fueron destruidos.

»¿Y qué podíamos hacer nosotros? Por la mañana, las dos goletas que estaban a barlovento navegaron hacia nosotros en medio de la laguna. Los vientos alisios soplaban fuerte y se llevaron por delante decenas de canoas. Y los rifles nunca callaban. Nos dispersamos como peces voladores ante un bonito, y éramos tantos que miles pudimos escapar, por un lado y otro, hacia las islas que bordean el atolón.

»A partir de entonces las goletas nos dieron caza por cada rincón de la laguna. Por la noche pudimos escapar de ellos. Pero al día siguiente, o dos días después, las goletas volverían, dándonos caza hasta la otra punta de la laguna. Y así ocurrió. Dejamos de contar y recordar a nuestros muertos. Cierto, éramos muchos y ellos unos pocos. Pero ¿qué podíamos hacer? Yo estaba en una de las canoas llenas de hombres que no tenían miedo a morir. Atacamos la goleta más pequeña. Nos abatieron a montones. Lanza-

«¡Yah! ¡Yah! ¡Yah!»

ban dinamita a las canoas y cuando la dinamita se acabó, arrojaron agua caliente sobre nosotros. Y los rifles nunca callaban. Y aquellos cuyas canoas eran destrozadas habían sido abatidos mientras huían a nado. Y el oficial bailaba arriba y abajo sobre el techo de la cabina y gritaba: «¡Yah! ¡Yah! ¡Yah!».

»Cada casa en cada islote, por muy pequeño que fuera, fue quemada. No sobrevivió un solo gallo ni un solo cerdo. Nuestros pozos fueron profanados con los cuerpos de los asesinados y algunos fueron tapados con rocas de coral. Había veinticinco mil habitantes en Oolong antes de que llegaran las tres goletas. Hoy somos seis mil. Cuando las goletas partieron, sólo éramos tres mil, como puede ver.

»Al final las tres goletas se cansaron de darnos caza de acá para allá. Así que se fueron, las tres, a Nihi, hacia el noreste. Y entonces nos empujaron sin descanso hacia el oeste. Sus nueve botes también estaban en el agua. Saquearon cada isla en su camino. Nos empujaron y empujaron día tras día. Y cada noche las tres goletas y los nueve botes formaban una cadena de vigilancia que se extendía de borde a borde de la laguna, para que no pudiéramos escapar.

»No podían seguir conduciéndonos así para siempre, la laguna no era lo bastante grande, y al final concentraron a todos los que aún vivíamos en el último banco de arena al oeste. Más allá sólo quedaba el mar abierto. Éramos diez mil y cubrimos el banco de arena desde el borde de la laguna hasta las espumeantes olas del otro lado. Nadie podía echarse. No había sitio. Nos manteníamos cadera con cadera y hombro con hombro. Nos tuvieron así dos días y el oficial se subía a las jarcias burlándose de nosotros y gritando: «¡Yah! ¡Yah! ¡Yah!», haciéndonos lamentar el daño que le causamos a él y a su goleta un mes antes. No teníamos comida, y nos mantuvimos en pie durante dos días y dos noches. Los bebés murieron, así como los viejos y los débiles, y los heridos. Y lo peor de todo fue que no teníamos agua para saciar nuestra sed, y durante dos días el sol nos golpeó la cabeza, no había ni una sombra. Muchos hombres y mujeres vadearon hacia el océano y se ahogaron, y las olas devolvieron sus cuerpos a la playa. Entonces llegó una plaga de moscas. Algunos hombres nadaron hasta la goleta, pero todos fueron abatidos. Y los que sobrevivimos nos arrepentíamos de nuestro orgullo al haber querido hacernos con aquella goleta de tres mástiles que vino a pescar *bêche-de-mer*.

»Por la mañana del tercer día, vinieron a nosotros los capitanes de las tres goletas y el oficial en un pequeño bote. Llevaban rifles, todos, y revólveres, y hablaron. Nos dijeron que sólo habían parado porque se habían cansado de matarnos. Y les dijimos que lo sentíamos, que nunca más volveríamos a hacer daño a un hombre blanco, y en señal de sumisión nos echamos arena sobre la cabeza. Y todas las mujeres y niños lanzaron un gran gemido pidiendo agua, así que durante un tiempo ningún hombre pudo hacerse oír. Luego nos comunicaron nuestro castigo. Teníamos que llenar las tres goletas con copra y *bêche-de-mer*. Y aceptamos, ya que queríamos agua, y nuestros corazones se rompieron, y supimos que éramos como niños en la lucha cuando luchábamos contra hombres blancos que luchan como demonios. Y cuando acabaron los parlamentos, el oficial se puso en pie y se burló de nosotros, y gritó: «¡Yah! ¡Yah! ¡Yah!». Después de esto remamos en nuestras canoas en busca de agua.

»Y durante semanas trabajamos duramente cogiendo *bêche-de-mer* y secándola, recogiendo los cocos y transformándolos en copra. De día y de noche el humo ascendía formando nubes desde todas las playas de todas las islas de Oolong para saldar la pena de nuestra maldad. Durante aquellos días de muerte se nos grabó claramente en la mente que era un gran error perjudicar al hombre blanco.

»Con el tiempo, una vez cargadas las goletas con copra y *bêche-de-mer* y cuando no quedó ni un coco en nuestros árboles, los tres capitanes y aquel oficial nos llamaron a todos para un gran discurso. Y dijeron que estaban muy contentos de que hubiéramos aprendido la lección, y entonces les dijimos por diezmilésima vez que lo sentíamos y nunca lo volveríamos a hacer. También nos echamos arena sobre la cabeza. Entonces los capitanes dijeron que todo estaba en orden, y que para enseñarnos que no se olvidaban de nosotros, nos echarían un conjuro que nunca olvidaríamos y que recordaríamos siempre que se nos ocurriera hacer daño a un hombre blanco. Después de esto el oficial se burló de nosotros una vez más y gritó: «¡Yah! ¡Yah! ¡Yah!». Luego desembarcaron a seis de nuestros hombres que pensábamos que habían muerto desde hacía tiempo, y las goletas izaron las velas y se marcharon por el paso hacia las islas Salomón.

»Los seis hombres que dejaron en tierra fueron los primeros afectados por el hechizo que los capitanes nos echaron.

—Hubo una gran enfermedad —interrumpí, al reconocer el ardid. Había habido sarampión a bordo de la goleta y habían expuesto deliberadamente a los seis prisioneros a la enfermedad.

—Sí, una gran enfermedad —prosiguió Oti—. Era un hechizo poderoso. Los más ancianos nunca habían oído hablar de uno así. Matamos a aquellos de nuestros sacerdotes que aún vivían, ya que no pudieron vencer el hechizo. La enfermedad se extendió. Le dije que éramos diez mil en pie, cadera con cadera y hombro con hombro sobre el banco de arena. Cuando pasó la enfermedad, habían sobrevivido tres mil. Además, al haber transformado todos nuestros cocos en copra, hubo una hambruna.

»Ese comerciante —concluyó Oti— él ser mucho sucio. Él como almeja él morir cuando *kai-kai* (carne) parar, apestar mucho. Él como perro, perro enfermo lleno de pulgas a lo largo todo él. Nosotros no miedo de ese comerciante. Nosotros miedo porque él hombre blanco. Saber mucho no bueno matar hombre blanco. Ese enfermo perro comerciante muchos hermanos tener, hombres blancos como usted luchar como demonios. Nosotros no miedo ese maldito comerciante. A veces él hacer mucho enfadar canaca y canaca querer matar, canaca pensar en hechizo y canaca oír ese oficial cantar fuerte: «¡Yah! ¡Yah! ¡Yah!», y canaca no matar.

Oti cebó su anzuelo con un trozo de calamar, que arrancó con sus dientes del monstruo vivo y resbaladizo, y el anzuelo y el cebo se hundieron en una llama blanca hasta el fondo.

—Tiburones alrededor acabar —dijo— creer nosotros coger mucho peces.

Su sedal dio una fuerte sacudida. Tiró de él rápidamente, una mano tras otra, y dejó un gran bacalao boqueante en el fondo de la canoa.

—Cuando sol salir, yo hacer a ese maldito comerciante regalo de gran pez —dijo Oti.

8
EL INEVITABLE HOMBRE BLANCO

—El negro nunca entenderá al blanco, ni el blanco al negro, mientras el negro sea negro y el blanco, blanco.

Así hablaba el capitán Woodward. Estábamos sentados en el salón de la taberna de Charley Roberts en Apia, bebiendo Abu Hameds preparados por el susodicho Charley Roberts que también los compartía con nosotros, y que afirmaba haber obtenido la receta directamente de Stevens, famoso por haber inventado el Abu Hamed en una época en que le acuciaba la sed del Nilo; el Stevens autor de *Con Kitchener a Jartum*, y muerto en el asedio de Ladysmith.

El capitán Woodward, bajito y rechoncho, de avanzada edad, quemado por cuarenta años de sol tropical y con los ojos marrones líquidos más hermosos que he visto nunca en un hombre, hablaba desde su amplia experiencia. Las cicatrices entrecruzadas en su calva indicaban una intimidad con el tomahawk de los negros, y a esa misma intimidad atañían las señales, delante y atrás, en la parte derecha del cuello, de una flecha que un día entró y fue sacada limpiamente por el otro lado. Tal como explicó, en aquella ocasión tenía prisa —la flecha impedía que corriera— y no tenía tiempo de cortar la punta y sacar el astil por donde había entrado. En aquel momento era el comandante del *Savaii*, el gran vapor que reclutaba trabajadores del oeste para las plantaciones alemanas de Samoa.

—La mitad del problema viene de la estupidez de los blancos —dijo Roberts, haciendo una pausa para tomar un trago de su vaso y maldecir al camarero samoano con términos afectuosos–. Si el hombre blanco se molestara un poco por entender la mente del hombre negro, se evitarían la mayoría de las confusiones.

–He visto a unos cuantos que afirman entender a los negros –replicó el capitán Woodward–, y siempre he tenido noticias de que fueron los primeros en ser *kai-kai'dos* (comidos). Ahí tiene a los misioneros en Nueva Guinea y Nuevas Hébridas, la isla mártir de Erromanga y todas las demás. Fíjese en la expedición austriaca que descuartizaron en las Salomón, en las selvas de Guadalcanar. Y fíjese incluso en los comerciantes, con una veintena de años de experiencia, presumiendo de que ningún negro podría con ellos y cuyas cabezas ornamentan hoy las vigas de los cobertizos de las canoas. O el viejo Johnny Simons, veintiséis años recorriendo las costas vírgenes de Melanesia, juraba que conocía a los negros como si fueran un libro abierto y nunca le harían daño, y pasó a mejor vida en la laguna Morovo, Nueva Georgia; le serraron la cabeza una Mary (mujer) negra y un viejo negro que sólo tenía una pierna, la otra la había perdido en la boca de un tiburón buceando en busca de peces dinamitados. O Billy Watts, con su horrible reputación de asesino de negros, un hombre que asustaba al diablo. Le recuerdo en cabo Little, Nueva Irlanda, cuando los negros robaron media caja de tabaco para comerciar; le costaría como tres dólares y medio. Como represalia disparó a seis negros, destrozó sus canoas de guerra y quemó dos pueblos. Y en cabo Little, cuatro años después, fue asaltado junto a cincuenta chicos de Buku que había traído consigo para pescar *bêche-de-mer**. En cinco minutos murieron todos, a excepción de tres chi-

* Véase nota en la página 87.

cos que escaparon en una canoa. No me hables de entender a los negros. La misión del hombre blanco es colonizar el mundo, y ya es bastante trabajo para él. De todas formas, ¿cuánto tiempo le queda para entender a los negrazos?

—Así es —dijo Roberts—. Y en cierto modo no parece necesario, después de todo, entender a los negros. El éxito del hombre blanco colonizando el mundo es directamente proporcional a su estupidez...

—Y metiendo el miedo a Dios en el corazón de los negros —soltó el capitán Woodward—. Quizás tengas razón, Roberts. Quizás sea la estupidez la que le haga tener éxito, y desde luego una fase de su estupidez es su incapacidad para entender a los negros. Pero una cosa es segura, el blanco debe dirigir a los negros tanto si los entiende como si no. Es inevitable. Es el destino.

—Y claro está, el hombre blanco es inevitable; es el destino de los negros —interrumpió Roberts—. Dile al hombre blanco que hay conchas perleras en alguna laguna infestada por diez mil caníbales aullantes y allí se dirigirá de cabeza solo, con media docena de buceadores canacas y un despertador de lata como cronómetro, todos amontonados como sardinas en un espacioso velero de cinco toneladas. Susúrrale que se ha descubierto oro en el Polo Norte y esa misma inevitable criatura de piel blanca se pondrá en camino enseguida, armada de un pico y una pala, un trozo de tocino y el último modelo de batea; y lo mejor es que llegará allí. Avísale de que hay diamantes en las ardientes murallas rojas del infierno y el señor Hombre Blanco asaltará las murallas y mandará al mismísimo Satán a trabajar con el pico y la pala. Esto es lo que pasa por ser estúpido e inevitable.

—Pero me pregunto qué debe pensar el hombre negro de la... la inevitabilidad —dije.

El capitán Woodward se echó a reír silenciosamente. Sus ojos tenían un brillo nostálgico.

—Precisamente me preguntaba qué pensaban y deben seguir pensando los negros de Malu del inevitable hombre blanco que llevábamos a bordo cuando les visitamos con el *Duchess* —explicó.

Roberts preparó otros tres Abu Hameds.

—Fue hace veinte años. Su nombre era Saxtorph. Era desde luego el hombre más estúpido que he visto, pero era tan inevitable como la muerte. Aquel tipo solamente podía hacer una cosa y era disparar. Recuerdo la primera vez que me topé con él —justo aquí en Apia, hace veinte años. Eso fue antes de que llegaras tú, Roberts. Yo me alojaba en el hotel de Henry, el holandés, más abajo donde ahora está el mercado. ¿Habéis oído hablar de él? Hizo una buena apuesta con el contrabando de armas a los rebeldes, vendió su hotel, y lo mataron en Sydney justo seis semanas después de aquello en una pelea de taberna.

»Pero volvamos a Saxtorph. Una noche acababa de acostarme cuando un par de gatos empezaron a maullar en el patio. La ventana estaba abierta y yo estaba levantado con una jarra de agua en la mano. Pero en ese momento oí abrirse la ventana de la habitación de al lado. Sonaron dos disparos y cerraron la ventana. No consigo transmitiros la rapidez de la operación. Ocurrió en diez segundos. La ventana se abrió, el revólver hizo bang bang y la ventana se cerró. Quien fuera que fuese, ni siquiera se detuvo a ver el resultado de sus disparos. Sabía. ¿Me seguís?, *sabía*. Ya no hubo más conciertos gatunos y por la mañana allí yacían los dos ofensores, muertos como piedras. Me pareció maravilloso. Sigue siendo maravilloso. Primero, a la luz de las estrellas, Saxtorph disparó sin apuntar; luego, disparó tan rápidamente que las dos detonaciones parecieron una detonación doble; y, finalmente, sabía que había alcanzado sus blancos sin mirar siquiera.

»Dos días después fue a verme a bordo. Por entonces era oficial de cubierta en el *Duchess*, una gran goleta de ciento cincuenta toneladas, un barco negrero. Y dejadme que os diga que en aquella época los barcos negreros no eran ninguna tontería. No había inspectores del gobierno, ni tampoco ninguna protección del gobierno para *nosotros*. Era un trabajo rudo, dar y tomar, cuando habíamos acabado, sin decir nada, y nos llevamos negros de todas las islas de los mares del sur de las que no nos habían echado. Bueno, Saxtorph subió a bordo, John Saxtorph fue el nombre que dio. Era un hombre de corta estatura, de cabellos y tez como la arena y ojos del mismo tono. Nada destacaba en él. Su espíritu era tan anodino como su color. Dijo que estaba sin blanca y quería viajar a bordo. Haría de mozo de cabina, cocinero, sobrecargo o marinero raso. No sabía nada de navegación, pero dijo que deseaba aprender. Yo no quería admitirle, pero aquellos disparos me habían impresionado tanto que lo cogí como marinero raso, con una paga de tres libras al mes.

»Desde luego quería aprender, se lo concedo. Pero por naturaleza era incapaz de aprender nada. Era tan incapaz de manejar el compás como yo de preparar las bebidas que nos sirve Roberts. En cuanto a gobernar el barco, hizo que me salieran mis primeras canas. Nunca me atreví a correr el riesgo de dejarle el timón con mar gruesa, mientras que las expresiones *avante toda* y *listos para orzar* eran misterios insondables para él. Nunca pudo distinguir la diferencia entre el escotín y la jarcia, simplemente no podía. El trinquete y el foque eran una misma cosa para él. Se le decía que arriara la vela mayor y antes de que uno se diera cuenta había soltado otra vela. Cayó por la borda tres veces y no sabía nadar. Pero siempre estaba alegre, nunca se mareó y era el hombre más dispuesto que nunca he conocido. Era un alma poco comunicativa. Nunca hablaba de sí mismo. Su historia, por lo que nosotros sabíamos, empezaba el día en que se enroló en el *Duchess*. Dónde aprendió a disparar es algo que sólo las estrellas conocen. Era un yanqui; eso conseguimos saberlo por su acento. Y eso es todo lo que averiguamos.

»Y ahora viene lo interesante de la historia. Tuvimos mala suerte en las Nuevas Hébridas, sólo reclutamos a catorce hombres en cinco semanas, y aprovechamos los vientos del sureste para dirigirnos a las islas Salomón. Malaita, antes como ahora, era un buen sitio para reclutar y fuimos a Malu, en la punta noroeste. Allí hay un arrecife en la orilla y otro más alejado, el anclaje te pone los nervios de punta; pero pasamos sin problemas e hicimos explotar dinamita como señal para que los negros bajaran a ser reclutados. En tres días no conseguimos ni un hombre. Los negros se acercaban a cientos en sus canoas, pero cuando les enseñábamos abalorios, telas, hachas y les hablábamos de las delicias del trabajo en las plantaciones de Samoa, se reían de nosotros.

»Algo cambió el cuarto día. Unos cincuenta hombres firmaron y fueron alojados en la bodega aunque con libre acceso a la cubierta. Y claro está, al recordarlo, aquel aluvión de firmas era sospechoso, pero pensamos que algún poderoso jefe había levantado la prohibición de reclutarse. Por la mañana del quinto día nuestros dos botes fueron a tierra como era habitual; uno para cubrir al otro, en caso de problemas. Y, como de costumbre, los cincuenta negros de a bordo estaban en la cubierta, ganduleando, charlando, fumando y durmiendo. Saxtorph y yo, junto a otros cuatro marineros, fuimos los únicos que quedaron a bordo. Los dos botes estaban tripulados por hombres de las islas Gilbert. En uno iban el capitán, el sobrecargo y el reclutador. En el otro, que era el bote encargado de cubrir el primero y que se mantenía en el agua a unas cien yardas, iba el segundo de a bordo. Los dos botes iban bien armados, aunque no se esperaban problemas.

»Cuatro de los marineros, incluyendo a Saxtorph, se hallaban fregando la borda a popa. El quinto marinero, rifle en mano, montaba guardia junto al tanque de agua justo delante del palo mayor. Yo me hallaba a proa dando una última mano de pintura a una nueva fogonadura para el trinquete. Justo estaba buscando mi pipa por donde la había dejado en el suelo, cuando oí un disparo en la orilla. Me enderecé para ver qué ocurría. Algo me golpeó la cabeza por detrás, dejándome medio aturdido y caí sobre cubierta. Lo primero que pensé fue que algo había caído desde arriba; pero mientras caía y antes de dar sobre cubierta, oí un ruido del demonio atronador, eran los rifles desde los botes y, volviéndome a un lado, pude vislumbrar al marinero que montaba guardia. Dos negrazos le estaban quitando las armas, y un tercero, desde atrás, le estaba partiendo los sesos con un tomahawk.

»Aún me parece estar viéndolo, el tanque de agua, el palo mayor, el grupo de negros atrapándolo, el hacha descendiendo sobre su nuca, y todo bajo el ardiente resplandor del sol. Estaba fascinado por aquella creciente visión de muerte. El tomahawk parecía descender con una horrible lentitud. Lo vi caer y las piernas del hombre cedieron bajo su cuerpo mientras se desmoronaba. Los negros siguieron sosteniéndolo en pie mientras le asestaban un par de hachazos más. Entonces yo también sentí dos hachazos más y decidí que estaba muerto. Lo mismo decidió la bestia que me los propinó. Estaba demasiado incapacitado para moverme y yací allí viendo cómo le cortaban la cabeza al centinela. Debo decir que lo hicieron con mucha habilidad. Eran experimentadas manos a la obra.

»El fuego de los rifles desde los botes había cesado y no tenía duda alguna de que habían acabado con ellos y había llegado la hora final para todos. Sólo era cuestión de segundos que vinieran a por mi cabeza. Era evidente que aquello era lo que estaban haciendo con los marineros de popa. Las cabezas son muy apreciadas en Malaita, en particular las cabezas de blancos. Ocupaban un lugar de honor en los cobertizos para las canoas de los nativos que poblaban la costa. Ignoro qué efecto decorativo lograban con ellas los hombres del interior, pero las apreciaban tanto como los pobladores de la costa.

»Tuve una vaga noción de poder escapar y me arrastré a cuatro patas hacia el cabestrante, donde me las arreglé para ponerme en pie. Desde allí pude mirar hacia la popa y vi tres cabezas sobre la cabina, las cabezas de tres marineros a los que había dado órdenes durante meses. Los negros me vieron y fueron a por mí. Busqué mi revólver y me di cuenta de que me lo habían quitado. No puedo decir que tuviera miedo. He estado cerca de la muerte en varias ocasiones, pero nunca me pareció tan sencillo como en aquel momento. Estaba medio aturdido y nada parecía importar.

»El cabecilla negro se había armado con un cuchillo de la cocina y hacía muecas como un mono mientras se preparaba a rebanarme el cuello. Pero nunca me lo rebanó. Cayó hecho un ovillo y vi la sangre salir a borbotones de su boca. Oí vagamente un rifle disparar y seguir disparando. Uno tras otro los negros fueron cayendo. Mis sentidos se aclararon y reparé en que ningún disparo fallaba. Cada vez que el rifle rugía, un negro caía. Me senté sobre cubierta al lado del cabestrante y miré. Encaramado en la cruceta estaba Saxtorph. No me imagino cómo se las arregló, ya que había llevado consigo dos Winchesters y no sé cuántas bandoleras con munición; y allí estaba haciendo la única cosa en este mundo para la que estaba dotado.

»He visto tiroteos y matanzas, pero nunca he visto nada como aquello. Desde el cabestrante observé el espectáculo. Me sentía débil y exhausto, y todo parecía un sueño. Bang, bang, bang, bang, sonaba su rifle, y pum, pum, pum, pum, sonaban los negros sobre cubierta. Era asombroso verlos caer. Tras un primer intento de abalanzarse sobre mí, cuando hubo caído una docena, quedaron paralizados; pero nunca dejó de disparar su arma. En ese momento llegaron de tierra las canoas y los dos botes, armados con los Sniders y Winchesters que habían arrebatado a los tripulantes de los botes. La lluvia de balas que lanzaron sobre Saxtorph fue terrible. Por suerte para él, los negros sólo son buenos en el combate cuerpo a cuerpo. No están acostumbrados a apoyar el rifle sobre el hombro. Esperan a estar casi encima del objetivo y disparan desde la cadera. Cuando su rifle se recalentó, Saxtorph lo cambió. Por eso se había llevado dos.

»Lo pasmoso era la rapidez de sus disparos. También que nunca fallaba. Si algo ha sido nunca inevitable, eso era aquel hombre. Aquella rapidez era lo horrible de aquella matanza. Los negros no tenían tiempo para pensar. Cuando lograron hacerlo, se tiraron al agua volcando a su vez las canoas. Saxtorph no cejaba. El mar estaba cubierto de negros, y plum, plum, plum él seguía lanzando sus balas sobre ellos. Ni un fallo, y podía oír claramente cada bala entrar en la carne humana.

»Los negros se dispersaron y se dirigieron a nado hacia la orilla. El agua estaba cubierta de cabezas balanceantes, y me puse en pie, como en un sueño, y lo observé todo —las cabezas balanceantes y las cabezas que dejaban de balancearse. Algunos de los disparos largos eran realmente magníficos. Sólo un hombre alcanzó la playa, y en el momento en que se levantó en la orilla, Saxtorph le alcanzó. Fue hermoso. Y cuando un par de hombres corrieron para sacarlo del agua, Saxtorph también los alcanzó.

»Pensé que todo había acabado cuando oí el rifle disparar de nuevo. Un negro había salido de la escotilla del camarote corriendo hacia la borda y había caído a medio camino. El camarote debía de estar llena de ellos. Conté unos veinte. Subieron de uno en uno, intentando saltar por la borda. Pero ninguno la alcanzó. Me recordaba el tiro de pichón. Un cuerpo negro salía del camarote, el rifle de Saxtorph hacía bang y el cuerpo negro caía. Los de detrás no sabían lo que estaba ocurriendo en cubierta, así que seguían saliendo hasta que acabó con el último.

»Saxtorph esperó un tiempo para asegurarse y luego bajo a cubierta. Él y yo éramos los únicos supervivientes de la tripulación del *Duchess* y yo estaba bastante maltrecho mientras que él no nos era de ninguna utilidad ahora que el tiroteo había cesado. Siguiendo mis indicaciones me limpió y cosió las heridas de la cabeza. Un buen trago de whisky me preparó para hacer un esfuerzo por salir de allí. No había otra cosa que hacer. Todos los demás habían muerto. Intentamos hacernos a la mar, con Saxtorph izando las velas y yo llevando el timón. Él volvió a ser el estúpido marinero de agua dulce de antes. No podía ni empezar a izar las velas, y cuando caí desmayado todo parecía estar acabado para nosotros.

»Cuando recobré el sentido, Saxtorph estaba sentado como un inútil en la borda, esperando para preguntarme qué debía hacer. Le dije que revisara los heridos y comprobara si había alguno capaz de arrastrarse. Reunió a seis. Uno tenía rota una pierna; pero Saxtorph dijo que sus brazos estaban bien. Me tumbé a la sombra, espantando las moscas y dirigiendo las operaciones, mientras Saxtorph daba órdenes a su equipo de lisiados. Que me aspen si no hizo que aquellos pobres negros tiraran de todos los cabos del cabillero antes de encontrar la driza. Uno de los hombres dejó escapar el cabo en mitad de la maniobra y cayó muerto sobre la cubierta; pero Saxtorph golpeó a los demás y les obligó a cumplir con su trabajo. Cuando el trinquete y la vela mayor estuvieron izados, le dije que golpeara el grillete de la cadena del ancla y dejara que ésta se soltara. Yo mismo ayudé en la proa con el timón, pero en vez de sacar el grillete, fue la segunda ancla la que cayó, y allí estábamos doblemente fondeados.

»Al final consiguió soltar los dos grilletes e izar el trinquete y el foque, y el *Duchess* partió hacia el mar. Las cubiertas eran todo un espectáculo. Había negros muertos y moribundos por todas partes. Algunos habían caído en los sitios más inconcebibles. El camarote estaba repleto; se habían arrastrado desde cubierta para morir allí. Puse a Saxtorph y a su cuadrilla de enterradores a trabajar tirándolos por la borda, y así se deshicieron de todos, vivos y muertos. Los tiburones se dieron un buen banquete aquel día. Claro está que nuestros cuatro marineros asesinados corrieron la misma suerte. Sin embargo metimos sus cabezas en un saco con lastre para impedir que de ningún modo pudieran llegar a la playa y caer en manos de los negros.

»Decidí usar a nuestros cinco prisioneros como tripulación, pero ellos decidieron otra cosa. Esperaron el momento oportuno y se lanzaron por la borda. Saxtorph alcanzó a dos en el aire con su revólver y hubiera disparado a los otros tres en el agua si yo no lo hubiera impedido. Estaba enfermo de tanta carnicería, y, además, nos habían ayudado a hacer zarpar la goleta. Aunque fue una misericordia desperdiciada ya que los tiburones se comieron a los tres.

»Cuando nos alejamos de tierra, me dio una especie de fiebre cerebral. Fuera como fuese, el *Duchess* fue a la deriva durante tres semanas, tras lo cual me recuperé y seguimos rumbo a Sydney. De todas formas aquellos negros de Malu aprendieron la eterna lección: que no es bueno andarse con tonterías con un hombre blanco. En su caso, Saxtorph era desde luego inevitable.

Charley Roberts emitió un largo silbido y dijo:

—Bueno, eso es evidente. Pero ¿qué ha sido de él?

—Se dedicó a la caza de focas y se convirtió en un verdadero experto. Durante seis años fue el mejor de las flotas de Victoria y San Francisco. El séptimo año su goleta fue capturada en el mar de Bering por un crucero ruso y, por lo que oímos, todos fueron llevados como prisioneros a la minas de sal de Siberia. Desde entonces no he vuelto a oír hablar de él.

—Colonizando el mundo —murmuró Roberts—. Colonizando el mundo. Bueno, brindo por ellos. Alguien tiene que hacerlo —colonizar el mundo, quiero decir.

El capitán Woodward se frotó las cicatrices que cruzaban su cabeza calva.

—Yo he cumplido con mi parte —dijo—. Ya son cuarenta años. Éste será mi último viaje. Luego volveré a casa para quedarme.

—Apostaría lo que quiera a que no lo hará —le desafió Roberts—. Morirá con las botas puestas, no en su casa.

El capitán Woodward aceptó inmediatamente la apuesta, aunque personalmente creo que Charley Roberts tenía todas las de ganar.